就是要這麼麻吉

劉碧玲◎著
Kai ◎圖

名家推薦

張桂娥（東吳大學日文系教授）：

以喜感十足的輕妙筆觸，生動而寫實的描繪了台灣現代多元文化社會的青少年兒童生活百態。如同觀賞一齣充滿台灣鄉土氣息的野台戲，在充滿歡樂熱鬧的氣氛中，你我隨著劇中人物誇張而戲謔的肢體語言表現，時而亢奮，時而搖頭苦笑。明知戲夢一場，卻仍心甘情願讓作者操控你我的情緒。最令人難以忘懷的是——乍看嬉鬧詼諧的故事情境裡，作者刻意安排了幾個意外的溫馨場景，讓嘴角上揚的讀者毫無防備的感受一抹淡淡的哀愁，為徬徨多感的青春少年心事而感到揪心之痛。造型搶眼且個性鮮明的作中人物，在面對人生接踵而至的挫折時，卻能保持樂觀心態，欣然接受生命中的不完美，不也正是現代台灣青少年兒童們最該珍惜的心靈成長夥伴嗎？

游珮芸（台東大學兒童文學研究所教授）：

小說中，從頭到尾沒有說出第一人稱主角的弟弟是「自閉症」兒童；卻處處顯露國二的主角對行為模式特異的弟弟之包容、照顧與關愛。而這樣的手足之情，其實源於工作忙碌，仍全心以身教和言教愛護子女的父母。主角和死黨之間的友情亦十分生動自然，死黨生在經濟弱勢、隔代教養的家庭，但仍樂觀進取，想盡各種方式幫助勞苦犧牲的阿嬤。人生並不完美，但因為有愛，而使得無奈與缺憾轉為生命晶瑩的亮點。

黃秋芳（作家）：

彷彿純真鮮活的生命線，穿針補綴，縫製著不同年齡、不同生活面向的痛楚、失落，以及各種各樣多層次的追尋和交流，把每一個老人、小孩、富人、窮人、有勁的向前衝的人，或者是迷途的人，都盡可能透過勾連、拼貼，把錯落的縫隙、缺憾的撕裂，都耐性的交織成溫暖的補丁，即使現實並不是那麼美麗，充滿了我們自己的味道也就夠了。

故事寫盡溫柔、敦厚、寬容與體貼的良善特質，卻不流於說教，且情節精采，實屬可貴。

1.

星期日早上，夏約翰打電話約我和弟弟一起去學校打籃球。

「你等我一下，我先去看看他在做什麼。」

如果他現在只是坐在書桌前面看窗戶外面風景發呆，我就可以拿了籃球帶他出門去學校和夏約翰一起打籃球。要是他在玩樂高，我們哪也去不成，我必須待在家裡陪他，他絕對不會中斷正在做的事，包括吃飯和睡覺。

「我弟正在蓋房子，我們不去學校和你一起打籃球，不過，我的籃球可以借你，你到我家來拿。」電話裡還沒聽見夏約翰說好或不好，卻傳來夏約翰阿嬤的說話聲。

「一摳，阿嬤跟你說，我正在煮麻油豬肉湯，煮好以後，窮會提去你家教你怎麼拜床母，你不要亂跑出去，在家裡等他，給他開門，知道嗎？」

夏約翰彷彿現在就站在我旁邊，他看到我聽他阿嬤說話，滿臉問號不明就裡。

「一源，是我跟阿嬤說你常常作惡夢，所以阿嬤今天煮麻油豬肉湯要我提去你家給你拜床母，等一下我們拜好床母，說不定你弟也蓋好樂高房子，到時候我們還是可以一起去學校打籃球，你在家等我喔。」

嘟嘟嘟。

夏約翰沒等我說話就把電話掛了。

夏約翰一向樂觀，他總是放大一絲絲的可能到非常大的可能，哪怕最後，那一絲絲的可能，出現的結果就是不可能，一點也沒有改變他對事情樂觀的想法。

樂高是我弟唯一喜歡的玩具，他用樂高蓋許多他看過的建築物。我弟的眼睛像一台照相機一樣，只要他看過的房子，不管在電視上，書本上，或是馬路上看到的，他全部印在腦子裡，然後有一天他突然用樂高把他看過的房子蓋出來。我弟用樂高蓋的建築物和真正的建築外表看起來幾乎一模一樣，就像一個縮小版的迷你模型。

如果他蓋的是有名的建築，通常我一眼就能說出是哪一棟大樓。比如他之前蓋一〇一大樓，我不用數蓋了幾層，光看模樣我也猜出是台北一〇一。

「一新，你蓋的是一〇一？」

「一〇一。」

弟弟習慣重複別人說的話的最後幾個字。不過這次我相信弟弟是回答我的問題，而不是重複我說過的話。

幾個月前爸爸帶他去參觀總統府，上星期他把整個總統府蓋好在我們房間的地板上，為什麼蓋這麼久？為了一面國旗。一面可以掛在總統府最高處的國旗。找遍樂高，找不到畫著國旗的樂高，爸爸拿紙出來要他用畫的，畫好國旗貼在某一塊樂高上面再疊到最高的地方。

他不會畫畫，爸爸畫的國旗他看也不看一眼，後來我用電腦列印一張國旗，他看了不中意丟在一旁，最後是媽媽拿出紙黏土，讓他用紙黏土做一面國旗，再拿牙籤當成旗桿插在最高的地方，總統府終於大功告成。

弟弟玩的樂高顆粒很小，他的手很巧，再小的樂高他也能疊出各式各樣建築物，不過他不會自創或是設計一棟全新的建築物，他只會模仿，他蓋的全是他看過的房子。可是一雙很會玩樂高的巧手，卻無法把一條濕毛巾扭乾再將自己的臉擦乾淨，加上他很怕臉上有水珠，或是濕濕的，更不喜歡有人碰觸他的臉，不管誰的手只要快靠近他的臉，他立刻把臉轉開，如果有人伸手要摸他的臉，他就會喂喂呀呀大叫起來，喂喂呀呀代表他的討厭和不喜歡。

所以我弟從不洗臉，雖然他不洗臉，他的臉看起來仍很乾淨，他的臉不髒也沒有任何汙垢，根本沒人知道我弟從不洗臉，除了我們一家人和夏約翰，還有夏約翰的阿嬤。

「我猜晚上他睡覺的時候，就有小精靈來幫他洗臉，就像我們小時候掉下來的牙齒，晚上牙仙會把我

們掉了的小牙齒收回去保存起來，等我們長大以後，牙仙再把我們小時候掉的牙齒放回我們嘴裡，阿嬤說，如果牙仙沒把小牙齒收回去幫我們保管，我們的小牙齒就無法長成大牙齒，沒有大牙齒就不能好好吃飯。」

那是我國一時聽夏約翰跟我說的牙仙故事，笑得我當場沒學狗一樣在地上打滾。讀國一的人，還把他阿嬤說的牙仙故事當真。可以想見夏約翰的腦子有多簡單，和我弟一樣。

腦子簡單也是有好處的，他們都是沒什麼煩惱的人。

「阿嬤還說，每一個人都有一個幫我們好睡的床母，祂會保佑你一覺到天亮不作惡夢，每天晚上床母守在我們的床邊，這樣子我們睡覺的時候就不會受其他妖魔鬼怪打擾，受到驚嚇作惡夢。」

前幾天我跟他說，我夢到被人追殺，想跑卻跑不動，夢裡追殺我的是一群沒臉的人，因為沒臉，也不知道他們是人還是鬼。

夏約翰聽完我告訴他我作惡夢，馬上再說一個和國一時說的牙仙故事一樣可笑的床母故事給我聽，我已經不把他說的故事放在心上，沒料到他回家跟阿嬤說我作惡夢的事。阿嬤和他一樣也把我作惡夢當一回事，現在煮麻油湯要讓我拜床母。

我一邊上網炸糖果，一邊等夏約翰來我家。早上媽媽出門前說，今天我有五條命可以玩炸糖果，做為我在家陪我弟的獎勵。

夏約翰還沒到我家，我的五條命已經玩完了，我正在卡關，這一關我不知道已經玩了幾天仍無法過關，我炸糖果的速度遠遠比不上一直不斷從下面和兩邊冒出來的巧克力漿，巧克力漿快速圍攻我的糖果，害我得先把巧克力炸掉糖果才會再出現。炸完巧克力能量也用完，結果是糖果又沒炸完。

電腦旁邊有一本提醒我數學第一次月考考六十一分的數學測驗卷，我翻看一下，根本沒達到媽媽交代要寫完的頁數。

國二的第一次月考，媽媽看到我的數學分數，像炸糖果裡的糖果一樣，氣到炸不停。

「我們家開補習班，我又是補習班的數學王牌老師，你考這種分數，叫我怎麼招生?夏約翰考八十六分，你考六十一分?」

莫怪媽媽質疑我的數學分數怎只有考六十一分，夏約翰除了數學沒有一科考及格，國文他考五十一分。國文我考九十七分，作文被老師當成範本影印給全班看，不過我媽一向看不到我的國文成績，她的眼裡只有我的數學和理化成績。

「男孩子數學不好，以後要讀什麼科系？將來又能找到什麼好工作呢？」

媽媽忘了爸爸是國文老師。

門鈴響，一定是夏約翰來了。

他一進門就將麻油香帶到我家，好香喔。

「阿嬤煮好麻油豬肉湯，不停催我快點提來給你拜床母，她說你媽媽一定沒空弄這些東西，就算有空也不懂得。她又說，你媽不懂你自然也不懂，我得負責教你怎麼拜床母，放心，她有把拜拜的步驟告訴我。」

夏約翰手上提的麻油湯香到我口水忍不住要流出來，我沒心思仔細聽他說些什麼。他手上提的是平常拿到學校裝營養午餐剩下飯菜的便當盒。

學校中午營養午餐吃剩下的飯菜，我們老師全打包讓夏約翰帶回家當晚餐。

「我們快點去你房間，這根香你拿好，我們家沒有打火機也沒有火柴，阿嬤說開瓦斯爐點也行，你會開瓦斯爐吧？」

「夏約翰，我家雖然不開伙，可是有時候也會燒開水泡麵。」

夏約翰阿嬤每天晚上都會把他帶回去的營養午餐加進一些其他的食材煮成一道新的菜，他常在廚房幫他阿嬤，但他也不能因為我家不開伙就以為我連瓦斯爐也不會開。

我媽媽會不會煮麻油豬肉湯我不知道，但是拜床母這件事，夏約翰阿嬷說對了，媽媽和我都不懂。我並沒有把晚上作惡夢的事跟媽媽說，她和我爸忙補習班的事都忙不完，何況，有誰晚上睡覺從來沒作過惡夢呢，真要有的話，恐怕就是夏約翰和我弟兩個人吧。

「你阿嬷哪來的錢買豬肉？」

夏約翰家裡只有他和阿嬷，阿嬷做資源回收，整理好了拿出去賣給回收站的人。我聽媽媽問過夏約翰阿嬷，資源回收一個月可以賺多少錢？答案是不一定。一個月約是六千到一萬。幸好里長伯幫他們申請貧戶補助，不過夏約翰阿嬷說補助的錢存在郵局裡不能領出來花用，留給夏約翰將來讀大學繳學費。因為她擔心大學學費很貴，又聽新聞報導說，大學學費漲不停，怕她的補助款沒跟著漲，不省點用，將來可能不夠用。

「阿嬤說你運氣好，今天她去警察局領一千元，所以才有錢去菜市場買豬肉和買一瓶麻油，還有買一顆大大的紅蘋果當我的生日禮物，明天是我的生日，我猜你一定不記得對不對？我的阿嬤從不會忘記我的生日。以前她會煮兩顆蛋當我的生日早餐，今年她買了麻油，所以我的生日早餐多一碗麻油拌麵線，剩下來的錢，她全收在櫃子裡，她說我若還想吃什麼再跟她說，她買給我吃。」

「警察那麼好，給你阿嬤一千元。」

「才不是警察給的，是阿嬤有一次整理一堆舊書，其中一本舊書裡面夾了一千元，阿嬤把一千元送去警察局，警察說，經過一段時間沒人來認領的話，錢就是阿嬤的。今天早上，警察到家裡通知阿嬤，說她可以去領沒人出面認領的一千元。我們快點拜床母，阿嬤說拜床母得早一點才行，太晚的話，床母回去沒吃到我們拜拜的東西，晚上不幫你趕走讓你作惡夢的壞東西，今天晚上你鐵定又作惡夢。這次說不定你不是被壞人或是無臉鬼追殺，而是直接被抓走，一口把你吃掉。」

夏約翰故意張大嘴巴做出一口吃掉我的怪表情，我又不是三歲孩子還會被他嚇得發抖。

「少來了，我沒拜床母，也好久沒作惡夢。」

「呸呸呸，床母，他剛說的話祢別當真，童言無忌，亂說話。我跟你說，你這幾天沒作惡夢是因為阿嬤事先跟床母約定，等她有錢馬上煮麻油豬肉湯給你拜，所以床母保佑你沒有一直作惡夢。」

「夏約翰，難道你從沒做過惡夢？」我記得他很怕他爸爸。我以為我很擔心數學考試所以才會作惡夢。

他想了一下才回答我。「不會，因為阿嬤每天都有請床母保佑我一覺到天亮不會作惡夢。」

2.

便當盒蓋打開，麻油香味快速占領了我們整個家，家裡全是麻油的香氣，有多香呢？我弟玩樂高從不為其他事分心，現在也忍不住抬頭聳聳他的鼻頭聞聞香味在哪。

「你阿嬤煮的麻油豬肉湯一定很好吃，你吃過嗎？」希望現在就能吃麻油湯。

「阿嬤煮什麼都很好吃，我從學校帶回去的剩菜，她再加一些菜進去炒一炒，比學校的營養午餐更好吃。她去很熟悉的油行，指定要買台灣的麻子榨出來的麻油，台灣在地種的麻子榨出來的麻油才會香又甜。」

夏約翰把便當盒放在我的書桌上。

「你怎還沒去點香？」

夏約翰提醒，我才發現香還握在我手上沒點起來呢。走去廚房開瓦斯爐點香，再把香拿給夏約翰。

「不是拿給我，我剛說了你沒記住喔，你要拿香，過來站在枕頭這邊，很恭敬，很虔誠，跟著我念。」

夏約翰從口袋拿出一張紙，站直直的。我偷看他手上的紙，上面寫了兩行字，是夏約翰的筆跡。

「請床母吃麻油豬肉湯，保佑我晚上不會作惡夢，謝謝床母。」

我小聲笑了一下。

「請床母吃麻油豬肉湯，保佑我晚上不會作惡夢，謝謝床母。」

這次我再忍不住大笑。

第一次是夏約翰念的，第二次是我弟說的。他一字不漏重複夏約翰說的話，我沒料到他居然可以說這麼長的句子，平常他說話，很少超過五個字。

「完蛋完蛋了，你弟搶去念，你又大笑，床母認為你對拜拜這件事不恭敬也不虔誠，就算吃了麻油湯也不會保佑你晚上不作惡夢。」

夏約翰很急，我趕緊收起笑臉，正經八百手拿香學他站直，很恭敬的心。

「你再說一次，我忘了幾個字，怕念不完整惹床母生氣。」

「請床母吃麻油豬肉湯，保佑我晚上不會做惡夢，謝謝床母。」夏約翰這次念得很小聲，怕我弟聽見又搶去念。

我很虔誠的照念一遍。

夏約翰才把我手上的香拿去插在麻油

湯裡面，可是豬肉在湯裡滑來滑去，香插不進去。

「你把香插在湯裡面，等一下香灰全部掉進湯裡，這碗麻油豬肉湯不就不能吃了，多可惜，浪費阿嬤煮的又香又好吃的麻油湯。她有沒有說還可以插在什麼地方？還是打電話問她？」

「這種小事不必麻煩阿嬤，我來想想就行了。」

夏約翰從我書架上拿好幾本小說擺成兩排放在便當盒前面，再將香插在兩排書的中間。

「現在開始計時，阿嬤說不能拜太久，約是半個鐘頭，拜太久，以後床母就會常常來討吃，為了討吃，會故意讓你作惡夢。」

夏約翰可以去寫一本有關床母的奇幻小說了。

「現在我可以在你家上ＦＢ炸糖果嗎？莊老師說，如果我第一次月考數學考八十分以上，就可以到你家炸一次糖果，五條命，若是我考八十五分以上，就可以再有一次炸糖果的機會，也是五條命，好險，我考八十六分，所以我今天有十條命可以玩。」

「我媽知道你國文考五十七分嗎？」

「她又沒問我，我幹嘛自己說。快點，我現在已經360關，我們先看吳健華在哪一關。」

吳健華是我們班同學，最喜歡在班上炫耀他炸糖果多厲害，已經炸到哪一關。

吳建華的大頭停在365。

「365，今天一定能贏過他。」

果真沒多久，夏約翰已經炸到365關，不過到了這關，他需要三個好朋友幫忙才能解鎖前往新關卡玩。我是他好友之一，我答應幫他解鎖之後，還需要等另外兩個好朋友幫忙才行。今天我們班好幾個同學都在線上，沒多久就有兩個人幫他忙，今天肯定能超越吳健華。

希望我手上也有一顆像炸糖果的彩球，一點數學，一口氣就把數學全炸掉，從此沒有數學這門課。

等我想起我們拜床母計時半小時，早已超過半小時。

「夏約翰。」我比電腦螢幕的小時鐘要他看，夏約翰嚇得從椅子上跳起來，完全忘了這一關是計時關卡，九十秒內必須得到三萬分才能過關。

「完了完了，阿嬤要罵死我了，超過三十分鐘。」

夏約翰看到香已經燒到盡頭，更加沮喪。「唉，阿嬤一再交代，千萬不能讓香燒到底，這下子破功了。」

「沒關係，你回去不要講我也不會說出去，不會有人知道這事。現在我們可以吃麻油湯了嗎？」

「你喜歡，全給你吃，若你不喜歡，阿嬤要我帶回去，晚上加熱後當我和她的晚餐。」

「我當然要吃，我弟不吃，就我們兩個一起吃，我再去拿一個碗。」

我弟不吃他沒吃過的食物，麻油，印象中媽媽好像沒煮過這道菜。

我用電磁爐把湯加熱，冷了的麻油再次發出濃郁的香氣，湯真是好喝極了。

「夏約翰，阿嬤煮的麻油湯非常非常好吃，我願意每天作惡夢，讓她天天煮麻油湯給我吃。」

星期日，補習班的課從早排到晚，滿滿的，媽媽和爸爸會在補習班待到很晚才回家。前幾年，我們補習班的學生越招越少，媽媽整天愁眉苦臉，我跟爸爸說，是不是我的數學不好，才害得我們補習班招不到學生？爸爸說，沒學生和我一點關係也沒有，是少子化的關係。後來，考試申請有各項才藝的加分，媽媽擴大補習班規模，跟房東租了我們補習班樓上房子，改裝成才藝教室，學生上完學科就在我們補習班繼續上各種才藝。節省父母接送和孩子奔波的時間，這個廣告成功吸引家長認同。媽媽臉上才又有笑容，卻也是他們忙碌的開始。

今天他們回家時間比平常更晚，十一點多才進門，平常我不會等他們等到這麼晚，但我太想跟他們分享夏約翰到家裡幫我拜床母的事。

媽媽進門臉色非常難看，眼眶紅腫，一定剛哭過。爸爸尾隨媽媽進門，臉色也沒好到哪裡。

他們一定吵架了，我準備悄悄回到房間上床睡覺，被媽媽發現我還在客廳。

「這麼晚你怎麼還沒睡？有事要跟我說嗎？」

我搖搖頭。

「一新晚餐吃什麼？」

「李媽媽小吃店的炒飯和貢丸湯。」

我沒說他把貢丸湯裡面的芹菜全挑出來，免得媽媽又要煩他偏食的事。他不喜歡吃蔬菜，不管是什麼蔬菜他都不吃，但是炒在炒飯裡面，有時候他沒發現，不知不覺也就吃進去了。不像貢丸湯，芹菜全浮在湯上面，他當然挑出來不吃。

「有吃就好，你們兩個的聯絡簿拿出來放餐桌上，簽好我會放在你的書桌，明天早上記得放進書包，順便幫你弟的聯絡簿放進去，他不在意有沒有帶聯絡簿去上學。」

我拿出聯絡簿放在餐桌就回房間，關上電燈，我沒有上床睡覺，站在門邊聽客廳是否有爸爸媽媽說話的聲音。

沒多久客廳傳來爸爸和媽媽刻意壓低的說話聲。

「我不是跟你解釋了，他跟地下錢莊借錢，沒錢還，地下錢莊的人放話要殺到他家裡，我擔心夏媽媽和夏約翰被地下錢莊的人帶走或是傷害了，我們不能見死不救。」

「他的媽媽，他的兒子，他不在意，敢去地下錢莊借錢，那是請鬼拿藥單，我們為什麼要替他擔心？何況他不是第一次跟我們借錢，這幾年，前前後後借走一百萬不止吧？這次獅子大開口，一借就是六十萬，你沒聽過，賭博的人斷了手，用腳也要上賭桌賭嗎？他不會改的，我寧可養他的兒子養他的媽媽，就是不願意借錢給他去賭博。」

「他是約翰的爸爸，約翰是一源從小學到國中的同學，你疼約翰不輸給自己的兩個兒子，而我們兩個又是和他從國小到國中的同班同學，怎可能眼睜睜見死不救？這次他一再跟我保證，還錢以後一定改過自新不再賭。我也說了，這是我們最後一次借錢給他，如果他再不改掉賭博的壞習慣，神仙也救不了他，我們家不是開銀行，哪來那麼多錢讓他無度揮霍去賭。」

「你也知道我們家不是開銀行，你事先沒問過我，明天星期一，我們有多少錢要支出，我們的存款夠嗎？補習班老師的薪水要發，房東下年度一整年的房租支票明天到期，年度保險費也是明天要繳，你說，我去哪籌錢存進支票戶頭免得跳票？」

媽媽說到這兒，哭了。

「對不起，我沒想到這麼多，我一急忘了事先該跟你討論，六十萬真不是一筆小數目，可是黑道找他談判好幾次，一次比一次狠，我才會急昏頭。你先不要哭，我想想去哪借錢，我現在打電話給朋友問問，我們戶頭明天還缺多少錢？」

我聽見他們回房間，房門關上的聲音後才躺回床上。

爸爸媽媽為了夏約翰的爸爸吵架，已經不是第一次。

媽媽沒說錯，她不是不願意幫忙，我也同意爸爸說的，媽媽對夏約翰比對我好，好到我都吃味了。夏約翰到我們家補習班補習的日子，媽媽買便當給他吃，而且還特別買比較貴的便當，免費讓他補數學和英文，媽媽是我們補習班出了名的嚴厲王牌數學老師，對夏約翰說話總是輕聲細語，教夏約翰數學從來不生氣也不罵他。

3.

記得夏約翰第一天到我們補習班，補習班的同學聽見他的名字立刻圍著他取笑他，說他是假外國人。

「明明長得台灣人的模樣，卻叫約翰，笑死人了，又不是外國人。」

我回家問我爸爸為什麼夏約翰有一個外國人的名字？原來夏約翰的名字還是我爸爸取的呢。

有一天，夏約翰的爸爸抱著一個剛出生不久的嬰兒回家，就是夏約翰，他爸爸除了跟阿嬤說這孩子叫John，要阿嬤去報戶口，其他什麼話也沒交代，人又走了。

夏約翰的阿嬤到了戶政事務所，跟辦事員說她要幫孫子報戶口，孫子的名字叫窮，辦事員問她怎麼寫，她說她不會寫只會念。

「阿嬤，你要不要請你兒子來，這樣才知道ㄑㄩㄥˊ怎麼寫。」

「我不知道我兒子在哪，他把孩子帶回來給我，人就不見了。」

阿嬤搖搖頭。

「ㄑㄩㄥˊ是什麼意思呢？」

「我兒子沒說，我不知道，他只跟我說，我孫子叫ㄑㄩㄥˊ。」阿嬤還是搖搖頭。

辦事員把幾個發音為ㄑㄩㄥˊ的字寫給阿嬤挑，阿嬤說她小學沒讀畢業，認的字不多。辦事員要她選一個，她比了其中一個字，窮，辦事員看了不敢登記夏窮這名字，哪有人名字是窮的。

最後阿嬤請辦事員打電話給我爸爸，他到戶政事務所，一下子就辦好夏約翰的出生登記。

「國中的時候我們老師給班上每個同學取英文名字，約翰的爸爸就叫John，我猜他只是想給他兒子一個和他一樣的英文名字，這個英文名字翻成中文叫約翰，他就叫夏約翰。」

可是夏約翰的阿嬤怎麼也記不住約翰這個名字，反倒是英文名字窮念起來順口。

這個晚上我一直想夏約翰爸爸的事情想到睡著，晚上我又做惡夢了。夢見夏約翰的爸爸回來，他爸爸頭上長了五個角，硬要把夏約翰帶走，夏約翰的阿嬤一直哭，拉住夏約翰不放手，我媽在旁邊不停罵夏約翰的爸爸，最後我爸和夏約翰的爸爸打起來，夏約翰的爸爸像鬥牛一樣往我爸爸身上衝撞過來。

「不要，不要。」

我大叫後醒過來，看到媽媽坐在我的床上。平常她很晚回家，早上我上學前，

她還在睡覺，今天肯定為了籌銀行戶頭裡的錢所以才會早起。

「原來夏約翰阿嬤前陣子跟我說，你晚上睡覺經常作惡夢，是真的，你夢到什麼大叫不要？」

我不想提我知道昨天晚上她和爸爸吵架的事。

「夢裡覺得很可怕，醒來就忘了。」

「星期一上學最容易遲到，早餐已經買回來放在桌上，應該來不及吃，帶著在車上吃吧，今天我要去幾個地方辦事，順道載你和一新去學校。」

搭媽媽的車，到學校比平常早些。教室裡同學沒幾個，夏約翰是我們班每天第一個到教室的人，因為老師把我們教室的鑰匙交給他，他負責開教室的門。

我看到他就拉他到一旁，小聲說我昨天晚上又作惡夢。

「一定是我們那天拜床母的時候超過半小時，床母對阿嬤煮的麻油湯意猶未盡，才會又讓你作惡夢，床母又來討吃的。」

其實我比床母更想討夏約翰阿嬤的麻油湯來吃，不過這話不能跟夏約翰說，免得他大驚小怪說我對床母不敬。

「今天你回家再跟阿嬤說，請她煮一碗麻油湯給我拜床母，煮好了你馬上拿來我家，這樣拜完剛好給我當晚餐吃。」

「今天可能沒辦法，昨天下午我爸突然跑回來，伸手跟阿嬤要錢，阿嬤說她沒錢，我爸翻遍我們家屋裡每個地方，連我睡覺的枕頭也不放過，最後拿走阿嬤那天買了我的生日禮物之後剩下的錢。」

「幸好阿嬤現在都把錢存在郵局，還把存摺和印章藏在我家，不然你爸說不定把她的存摺印章拿走，到郵局把錢領出來花光光。」

「噓，不要說出來，阿嬷說這件事絕對不能說出來。郵局裡的錢，阿嬷說是給我將來讀大學繳學費的，雖然我跟她說我不要讀大學，我要去工作賺錢給她，阿嬷一聽氣得拿起掃把打我屁股很多下，很痛。」

「昨天你爸回來你有躲起來嗎？」

「當然有，阿嬷交代我，只要看到我爸立刻躲到土地公廟求土地公保佑我，等阿嬷來找我才可以回家。幸好我的錢早已經不藏在枕頭底下，我改藏在一個很神祕的地方，才沒被我爸拿走。你回去跟你媽媽說你作惡夢，要她煮麻油豬肉湯給你拜床母，她比我阿嬷有錢，她買得起豬肉和麻油的。」

「你吃過我媽煮的飯嗎？」

夏約翰認真想了一會兒，聳聳肩搖搖頭。

第一次月考考完隔週，學校舉行班際籃球比賽，夏約翰和我都是我們班的先發五人。夏約翰從不為考試準備，對籃球比賽卻很在意，一再叮嚀我，比賽前要多作練習，不然上場鐵定

輸球。

放學我們照例先到小學接我弟，路上，夏約翰一直催我走快一點。

「導師規定不能帶籃球到學校，我們放學接了你弟還要回家拿籃球，浪費不少時間，走路別再像烏龜慢吞吞。」

「又沒差幾分鐘，你要是想快一點，不然你用跑的。」

真後悔說出用跑的這三個字，夏約翰真的跑起來，我不得不跟在他後面跑。

「一源，你可以請你爸爸或是你媽媽教你弟籃球規則嗎？你爸爸是國文老師，你媽媽是數學老師，籃球規則很簡單，不一定要體育老師才會教啊。」

夏約翰邊跑邊說話，一點也不喘，我可不行，我為了回答他的話，不得不停下來，慢慢走，夏約翰回頭看我沒跟上才停下來等我。

「他們教過，他聽不懂。不能運球走，這算是規則嗎？不可抱著球跑，這算是規則嗎？籃球不就是一直運球然後投籃得分，這需要花腦筋特別記住嗎？他偏偏看到球就死抱住不動，你要他快跑，他抱著球往籃框跑過去，也不管是對方的籃框還是我們的籃框，他是神射手也沒用，每次投進去的球，要嘛不算分，要嘛是對方得分。」

我弟投籃命中率百分之一百。夏約翰為此做過很長一段時間的NBA籃球夢。

「跟你爸說，送他去美國打籃球，像林書豪一樣，肯定入選NBA，哪一隊都好，到時候我們就有免費NBA比賽的票可以看現場，你跟你弟說，我要坐在最靠近教練和球員的那一排。」

「你住在美國嗎？或是你以後會常常搭飛機去美國看他比賽呢？」

夏約翰想了一下。

「作作夢也不行喔，林書豪也是會到台灣打球的，不是嗎？」

我本來想回罵他一句頭腦簡單四肢發達，和我弟一樣笨，可是想到我的數學分數比他差，而我最氣有人罵弟弟是白痴，笨蛋，我又怎能罵夏約翰笨呢。

「他昨天到底蓋什麼房子，你看出來了嗎？」

「早上我睡醒時隨便看一下，還看不出是哪一棟建築，等一下到我家，你到我房間看看，這次他好像不只蓋一棟房子而已。」

果然一到我家，夏約翰就進我和弟弟的房間。

「哇哇哇，快來看，他蓋的是我們學校耶。有籃球場，五個籃框，沒錯，我們學校就是五個籃框，籃球場有好幾個樂高人在打籃球，其中一個他還用紙黏土做一顆籃球放在手上。快來看，這個拿籃球的就是我。」

夏約翰很興奮的喊我去看「他」。其實這個樂高人出現在弟弟蓋的其他場景裡好幾次，但從來沒有一次像今天讓我覺得它真長得很像夏約翰。

「真的是我耶，你看，是我拿著籃球準備投籃。還有，他也蓋了我們教室，上次我們帶他去學校打籃球，我帶他去我們教室玩，我們教室布告欄上面不是畫了好幾隻台灣黑熊嗎？他用黏土也做了幾隻台灣黑熊，把牠們黏在牆壁上，他真是美勞天才。」

夏約翰的成績除了數學以外，其他都很爛，總成績一直是我們班倒數幾名，被一個倒數幾名的人稱讚是天才，該不該信？

認識弟弟的人喜歡作弄他，叫他白痴，但夏約翰從來沒有，光是為了他說弟弟是天才，我決定跟他當一輩子的好朋友，他爸爸跟我爸爸借錢的事，我可以不計較。

我讀小學的時候，學校的同學罵弟弟是白痴，我和那人打了一架，把他的手打受傷，結果我幫罵弟弟白痴的人掃地兩個星期，因為他媽媽說他的手受傷不能拿掃把，所以我們老師只好罰我天天去他們班幫忙掃地。

4.

土地公廟的廣場有三個籃框，其中兩個籃框已經有人在投籃，還剩下一個籃框沒人用，我急著占領剩下的籃框。剛才一路抱怨導師浪費我們練習籃球時間的夏約翰，到了土地公廟，仍不忘記先進到廟裡拜拜。

夏約翰手拿一炷香拜拜，很虔誠，他對著土地公神像鞠躬再鞠躬，嘴裡念念有詞。

我猜一定是阿嬤教他怎樣跟土地公說話，阿嬤平常會帶他到這兒拜拜，土地公廟是夏約翰另外一個保護傘，保護他不必被他爸爸打，還有如阿嬤說的，不要被他爸爸帶走。

另外一個保護傘當然就是我們家囉。

今天夏約翰拜拜以後，把香插進香爐卻沒有立刻出來，他站在廟的公告欄前面看公告。土地公廟的布告欄大部分貼的公告全是和拜拜有關的事，比如什麼時候有人謝神要演布袋戲，什麼時候會有大拜拜，信徒可以捐錢認養餐位吃飯。

「一源，你快過來看，有籃球比賽。」

我已經走到籃框底下又被他叫回去看公告欄。

公告欄上面貼一張新的公告。

慶祝土地公生日，廟方將辦理三對三鬥牛比賽，第一名獎金一萬，歡迎國中生和小學生組隊參加。

「一萬元，如果我們得到第一名就有一萬元，我們三個一人三千，剩下的一千元給阿嬤買豬肉煮麻油湯讓你拜床母，你看，這樣什麼問題都解決了。」

「憑我們三個要拿第一名？難喔，雖說兩人也能報名，可是萬一有人犯規，剩下一人，就等於宣布輸球，不用再比，若是將我弟報名上場打籃球，他在場上作用不大，可能還因為犯規讓對方拿到發球權，這樣更糟，萬一他投籃投到對方籃框裡幫對方得分，我們輸得更快。我們再找班上其他人一起組隊好了。」

「我才不要找別人，就我們三個，現在我們要想個辦法讓你弟不要犯規，三對三鬥牛只用一個籃框，沒有投到別人籃框的問題，這是我們的優勢，這次穩拿第一。」

夏約翰又在發揮他的樂觀天性，我對這件事興趣不大，信心更是沒有，教我弟打籃球，比教一隻狗開口說話還難吧。

夏約翰卻不死心。

「一新，你過來，我跟你說，你站在這兒，我把球丟給你，你要接住，不能讓球掉到地上，知道嗎？」

夏約翰把球丟給他，我弟眼睛沒看球居然還能把球接住。

「我就說他很厲害，惦惦吃三碗公。眼睛不必盯著球也能接到球，真是一個天才。好，現在換你把球丟給我。」

我弟這個天才根本不理會夏約翰說的話，他抱著球眼睛看天上，我們頭上現在剛好有一架直升機飛過來，他對會轉動的東西興趣特別大。

「球丟給我，一新，快點，球丟給我。」

「給我。」我弟把球抱得更緊。

「不是給你，是給我。」

「給我。」我弟還是抱球不放。

「我說給我的意思就是你要把球給我，我，是指我，不是指你，我說給我，你要說給你，然後把球給我，我和你要互相換一換，否則你就分不清楚我是指誰你又是指誰。」

夏約翰比手又畫腳的解釋你啊我的，說到「我」，比他自己，說到「你」，比我弟。後面一大串你我的解釋，不要說我弟，我也聽得一頭霧水。

「指誰？」夏約翰聽弟弟一問，高興的說他終於會問問題了，其實他是重複最後的兩個字而已。

「球在你手上，現在給我，快點給我。」

夏約翰說到我就比他自己，弟弟抱著球沒理會他。

我弟說話一直是有問題的，你我他三個代名詞對他來說要分清楚很困難。

「一新，把球丟給二哥。」

夏約翰比我早出生半年，原本他說我們三個裡以他年紀最大，所以要弟弟喊他大哥，被我海K一頓。

「你是大哥，我不就變成二哥，可是我在我家排行老大耶，這樣他會搞不清楚，所以，你，只能當他的二哥。」

夏約翰不明白弟弟對於你我他的想法和我們不一樣，要是在你和我之間跟他扯只會越弄越糟糕。他聽見我說給二哥，很快把球丟給夏約翰，夏約翰接到球，高興往上跳。

「還是大哥英明，天才被他一點就通，大哥是天才中的天才。」

夏約翰學得也快，現在他跟我弟說話把「我」改說二哥。

「一新，二哥跟你說，你接住二哥丟給你的球，再把球往籃球框裡面投進去，像這樣。」

夏約翰示範投籃動作給他看，擦板，球進了，我猜他以後投籃應該每一次都是擦板。

果真，弟弟每一顆球都是擦板得分。

「你投個空心籃得分給他看，不然他會以為只能擦板。」

夏約翰投一次空心籃得分之後，我弟就在擦板和空心籃兩種之間交叉投進得分。

幸好夏約翰的身高還無法灌籃，不然我弟可能也會學他飛起來把球直接灌進籃框裡。

「一源，看到沒，我們三個組隊一定拿冠軍，你弟投籃準又快，唰唰唰，怎麼投怎麼得分，神射手。」

我有些被他說動，我們可能會得第一名。

「你聽我的奪冠計畫，我們讓你弟站在籃球框附近，不必跑，不必動，他就不會犯規，我們兩個負責把球傳給他，球一旦傳到他手上，等於得分。」

這個計畫對弟弟來說並不難懂，他只要站著，手上拿到球只管往籃框投就對。

雖然夏約翰很認真的在賽前不斷練習，班際籃球比賽，第一場對上隔壁班二十七班，我們班以懸殊比數輸了球，夏約翰非常沮喪。

「我以為我們班至少會打進前三名呢，沒想到，才比一場就沒得比了。」

「光看身高也知道我們班會輸球，二十七班有兩個我們學校的籃球校隊，他們的身高至少一百七十公分以上，籃板球我們搶不到一個，就算運球運到籃下也很難出手投籃，我們班得到的九分全是你投進的三分球呢。」

夏約翰難過沒有持續太久。

「輸球也好，至少我們兩個可以專心準備三對三鬥牛。我們兩個一定要多練習把球看好不讓對方把球抄走，這樣你弟才有機會投籃得分。」

「可是我怕他站著不動，這樣會不會犯規呢？要是一上場就被吹犯規，好丟臉。」

為了確保我們能順利參加比賽，我和夏約翰決定上網查查比賽規則。

才開網路進到首頁，夏約翰立刻被一個標題吸引住，還大聲念出標題。「楊麗花歌ㄗˇ戲，阿嬤最喜歡看楊麗花歌ㄗˇ戲，她說她小時候都是看楊麗花歌ㄗˇ戲，很好看，原來楊麗花還有在演，阿嬤說現在電視都看不到楊麗花，我還以為她息影不演了呢。」

夏約翰讀破音字還是和小學一樣好笑，以前他總是把ㄑㄧㄢˊ隆念成ㄍㄢ隆。

「歌ㄗㄞˇ戲不是歌ㄗˇ戲。」

「管他什麼戲，反正有楊麗花就對了，你快幫我看看裡面寫什麼。」

夏約翰懶得讀很多字的文章，每一次看到長長文章，第一個反應就是跳過不看，若是我和他在一起，他就叫我念給他聽。

這是一篇介紹楊麗花的文章。

「寫什麼東西？」

沒看過他那麼急著想要知道一篇文章內容。

「楊麗花四歲開始登台演出，她曾經在國家戲劇院演出歌仔戲。」

「就這兩句而已？不是很多字嗎？」

「你打斷我，我當然停下來，誰叫你懶得讀文章。」

我把整篇文章念完，夏約翰恍然大悟拍頭。

「原來楊麗花現在不在電視上演歌仔戲，她跑去國家戲劇院演歌仔戲，國家戲劇院在哪，我要帶阿嬤去那裡看歌仔戲。」

「國家戲劇院看歌仔戲是要買票的，那可不是野台戲也不是把電視轉開就能看免費的。聽說演出的票都賣得很貴，尤其是楊麗花演的，就像你要看周杰倫在小巨蛋的演唱會，票也是不便宜，不像一般戶外簽名會，不用錢。」

「可是阿嬤好喜歡看楊麗花歌仔戲，我們家電視只有四台可以看，阿嬤說，現在電視台都不演歌仔戲，可是你家電視就會演，只有我們家的電視不演而已，我們家電視太舊了，後面還有一個大屁股，你們家的電視，平平薄薄的，可以掛在牆壁上。」

「那和電視大或小或是厚薄沒關係，我們家裝有線電視第四台，有線電視台本就有很多台的節目可以選擇，隨便轉轉也會轉到你阿嬤喜歡看的歌仔戲。我想起來，我好像真的看過楊麗花以前演的歌仔戲在某一台重播，我媽說，她小時候看的包青天竟然現在也在重播呢。」

「阿嬤說她小時候很喜歡楊麗花演的歌仔戲，以前土地公廟經常有人會請歌仔戲班來演，雖然不是楊麗花，但一樣好看，她站著看一整個晚上不覺得腳酸，現在大家好像變窮了，添的香油錢少少，土地公廟沒錢請歌仔戲來演，有人謝神，請的也是布袋戲，一個人一台小發財車開過來，不必搭戲棚，兩隻手拿著布偶就能演，歌仔戲，演出的人多，還要有樂隊，阿嬤說她好希望能再看到楊麗花演歌仔戲，只

有看歌仔戲的時候，她才會忘記一些不愉快的事，然後有力氣繼續打拚生活，後面這句話我聽不太懂就是。」

5.

既然夏約翰阿嬤喜歡看歌仔戲，我估狗幾個關鍵字，進入國家戲劇院網頁看有沒有在演歌仔戲。

「原來下星期就有歌仔戲演出，一連演出四天，從星期四演到星期日，但不是楊麗花演的就是，你想阿嬤會喜歡看別人演歌仔戲嗎？票很貴，一千兩百元是最便宜的，還有五千元的呢。」

這樣的票價可比一張電影票貴多了。

「你可以幫我問莊老師，補習班除了掃地還有什麼事可以讓我做嗎？我想賺錢買一張票讓阿嬤去國家戲劇院看歌仔戲。」

最便宜的一千兩百元，夏約翰不知要在我們家補習班掃幾天的地才能賺到。

「你不是有一個存錢袋藏在神祕的地方嗎？裡面應該有不少錢吧？難道沒有一千兩百元嗎？」

「我存錢袋裡的錢比一千兩百元多很多，不過阿嬤說，錢存起來就不能隨便拿出來花用，所以我才想要賺錢買票。」

如果別人這麼說，我會說他是守財奴，小氣鬼，但是夏約翰和他阿嬤這麼說，我只覺得他們兩個都很厲害，有錢卻能忍住不拿來花用，如果是我，一定辦不到。

「夏約翰，阿嬤可能有機會去國家戲劇院看歌仔戲喔，而且不用花一毛錢就能看到，有免費的票可以拿。」

「真的假的，免費的票，不是站在外面看野台戲，是進去國家戲劇院看的，你不是說一張票要一千兩百元嗎？你可以順便看看有沒有周杰倫現場演唱會也是不要錢的免費票，五月天也行，還有小豬的也行。」

「我說的是國家戲劇院或是音樂廳有免費票可以拿，你說那些全是歌手辦的演唱會，哪來的免費票。你看這兒，這是今年的新規定。殘障者和陪伴者可以免費觀看兩廳院主辦的節目，演出當天若是有剩票的話，可以當天索取，這場歌仔戲符合可以索取免費票的條件，所以呢，你阿嬤帶我弟一起去，他們兩個人都是免費的，我弟有殘障手冊，你阿嬤就是他的陪伴者，我拿我弟的悠遊陪伴卡給阿嬤，這樣阿嬤連搭公車的錢也省下來，對了，阿嬤有沒有六十五歲，六十五歲搭公車也是免費的。」

「我不知道，我回家問她六十五歲了沒有？現在快點找周杰倫的演唱會，說不定也有免費票可以索取，到時候我帶你弟一起去，你弟借我用，有一個免費弟弟真好。」

要是我媽聽見夏約翰說這句話，她可能會問夏約翰，既然這麼好，這個免費弟弟送給你好不好？

「周杰倫現在又沒開演唱會，查不到啦，以後再查。先把演出的日期記下來，阿嬤看星期日那一場最合適，星期日我爸媽總是很晚才回家，不會被他們發現我弟被阿嬤帶出去。星期日早上，我騎腳踏車去拿免費票，不過你必須來我家幫我照顧我弟，不然我不能出去。現在可以查三對三鬥牛的規則了嗎？」

「好好，快查，第一名有一萬元獎金。」他總算想起我們上網的目的是什麼。

「等一下，我忘了問你，阿嬤會不會搭公車？我沒看過她搭車出門。」

「會啦，阿嬤說搭公車要錢，她去哪盡量走路。有一次有一個人給阿嬤很多舊書，為了賣到比較好的價錢，她要我和她一起拿舊書去專門收舊書的地方賣，書很重，她怕我們兩個走路走不到，所以那次我們兩個都搭公車，但是書賣了，回來的時候兩手空空，我們沒再搭公車用走路回家。」

星期日一大早，夏約翰如約到我家和我弟作伴，我騎腳踏車帶著我弟的殘障手冊去售票口領免費票。

「小弟弟，你很幸運喔，這場戲非常熱門，票早已經賣完了，昨天剛好有人退票，不然你不可能領到免費票，以後想看比較熱門的節目，免費票是在每個月的第二個星期日早上開始領取，雖然有張數的限制，但總比你當天演出才來拿還要保險。」

我第一次拿免費票，不知道拿免費票還有很多需要注意的事項，幸好有人退票才讓我順利拿到兩張免費票。

下午四點左右，夏約翰帶阿嬤到我家，阿嬤一進我家，如《紅樓夢》裡的劉姥姥進大觀園一樣，東瞧西看，嘴巴不時發出讚嘆聲。

「新家很漂亮，你們搬新家後我還沒來過。一摳，阿嬤還沒謝謝你幫忙拿免費票讓我去看歌仔戲，我跟我朋友說我要去國家戲劇院看歌仔戲，他們都很羨慕我，他們沒人去過那裡，聽說很高級，看戲要安靜不能說話。」

我也沒去過，所以不知道。而我們自從搬新家後，爸爸媽媽變得比以前更忙，媽媽說有房貸壓力必須更努力賺錢。住在舊家時，補習班就在我們家隔壁，那時候媽媽比較有空，她會約夏約翰和阿嬤一起到我們家喝茶聊天。

「一摳，你還有作惡夢嗎？阿嬤剩下來的錢被窮的爸爸拿走，沒辦法再煮麻油湯給你拜床母，你有沒有跟你媽媽說，要她煮給你拜？對了，今天晚上你們三個吃什麼？剛才在家，我隨便吃中午剩下的飯菜，你們三個又要吃便當嗎？還有沒有時間？我隨便煮個東西給你們三個吃，廚房在哪，一摳，帶我去看看。」

我跟夏約翰阿嬤解釋很多次，我的名字是一源不是一元。

她用奇怪的眼神看我。「我不是都叫你一元嗎？」是沒錯，可是我的名字，台語發音一源和一元差很多的。

「廚房裝得水噹噹，設備很先進，你媽媽沒空煮飯對不對？看廚房沒什麼油漬乾淨得很就知道，沒菜這個造咖，又大又水。」

夏約翰阿嬤突然滿口台語，幸好我們學校的母語教學我有認真上課，多少聽懂一些。

「補習班太忙，媽媽沒空煮飯啦，平常我們吃便當，媽媽沒煮飯自然也沒買菜，所以冰箱沒菜可以給阿嬤煮。」

「冰箱打開我看看，家裡有沒有米？有蛋嗎？有沒有醬油？」

「米，昨天剛好被我煮了，所以什麼也沒有。」

我打開冰箱，阿嬤看了直搖頭。

「冰箱亮到可以當鏡子照，這麼大一台，空空的，打開會冷死人，只有冰牛奶和維他命，還有餅乾，連水果也沒有，不吃水果對身體不好，提醒你媽媽買水果放冰箱，你們想吃就有得吃。唉，身體要健康就得吃自己煮的飯不是靠吃藥啦。窮，你過來，阿嬤跟你說，你回我們家量三杯米，順便去巷口雜貨店買五顆雞蛋，我這兒有一百元你拿去買，本來我是看戲帶在身上預備的，出門在外身上要帶一點錢以防萬一，找回來的錢記得還給我。」

夏約翰一定是用跑的，因為沒多久他就拿著阿嬤交代的東西回到我家。

夏約翰阿嬤要我洗米煮飯。

「你家廚房用的東西全是最新的，電子鍋我不會用，我只會用大同電鍋。」

電子鍋煮飯我很會，有時下雨天我不想出去買便當，就洗米煮白飯再配肉鬆吃，有時候也會泡一包方便湯，我弟很喜歡吃肉鬆飯。

飯煮熟，夏約翰阿嬤說她要炒飯。

「炒飯比較簡單，也比較快，一摳，你來廚房幫阿嬤，你家瓦斯爐我打不開，東西買這麼新卻不用，沒菜啦。」

「阿嬤，我教你，瓦斯爐這顆開關鈕你先按下去，然後再轉到左邊，等到有火，手就放開，不要一直按，不然火會立刻熄掉。」

阿嬤點好幾次就是無法點著火。

「我學不會，你幫我點火比較快。」

阿嬤很快炒三盤炒飯，鍋子裡還剩下一些，搬到新家後，我家的廚房從來沒有飄出飯菜香。奇怪，李媽媽小吃店的炒飯為什麼不像夏約翰阿嬤炒的這麼香呢。

「阿嬤，你炒的飯好香，你去開一家專門賣炒飯的小吃店，生意一定比李媽媽的店更好。」舀一口炒飯放進嘴裡，哇，太好吃了。我只顧著吃炒飯忘了喊我弟來吃飯。幸好他也聞到飯香味，自己走去廚房拿了湯匙坐下來吃炒飯。

「炒飯，喝湯。」

「大心，你現在很會說話說喔，還會討湯喝，下次阿嬤再煮湯給你喝，煮麻油湯好不好啊？大心，阿嬤跟你說，你要快點好起來，腦子不要再給他放空空，這樣你媽媽心情才會好。生到不好的兒子，媽媽心情一輩子不會好的。可是總比我生到壞兒子又好一些，壞兒子一輩子沒指望。一摳，你不要怪你媽媽沒空煮飯給你吃，她開補習班當老闆，很忙，沒空煮飯也是應該的，有一好就沒兩好，世事難兩全。」

我弟的名字台語也不是大心，可是夏約翰阿嬤總是這麼喊他，我問媽媽為什麼阿嬤要叫弟弟大心。

「大心的台語意思就是貼心，不讓爸爸媽媽煩心，夏約翰阿嬤覺得弟弟總是很乖不吵不鬧，非常貼心。」

哼，我要是不必考試，沒有分數的壓力，回家不必寫功課上數學課，光是玩樂高和發呆，我也會是一個很貼心的好兒子。

六點一到，我把我弟的殘障手冊和兩張免費票，還有悠遊陪伴卡一起交給夏約翰的阿嬤。阿嬤小心收進她帶來的一個小布包裡面。

我和夏約翰陪他們一起走去公車站牌下等公車。

「阿嬤，看完歌仔戲，一樣是搭這班公車回來，你坐到中正紀念堂站下車。」

我比著公車站牌上的站名給夏約翰阿嬤看。

「天太黑，我看不清楚，不過我記住你說的站名，中正紀念堂，上車我會叫司機提醒我下車。大心，等一下坐車你要乖，跟阿嬤跟好，才不會走丟。」

是天黑的關係嗎？此時我心中怎也有種黑壓壓的感覺。夏約翰阿嬤從沒去過國家戲劇院，下車後她知道怎麼走嗎？我弟會不會看歌仔戲看到一半突然站起來大喊鬧著說回家回家？萬一他沒跟好夏約翰阿嬤，自己亂走，走丟了該怎麼辦？他說的話沒人聽得懂，問他名字也說不明白。

為什麼事前我完全沒想到這些可能發生的可怕事情呢？我和夏約翰相處久了也被他傳染得到樂觀症嗎？

「阿嬤，你去的時候就要把路記好，回家就是照著原路走回來，還有，大心的手要牽緊一點，我怕他不見了。」

「我知道啦，路在嘴裡，我會問人家的，而且很多人都認識楊麗花，我一說，一定有人帶我去看戲，你不要操心。」

阿嬤看起來很興奮，我沒看過夏約翰的阿嬤像今天這樣高興的模樣，平常她雖然沒有苦著一張臉過日子，卻也沒像現在高興到整個臉笑開來。

6.

「你喜歡吃我阿嬤的炒飯，炒菜鍋裡還剩下一些，全給你吃，你家泡麵給我吃，我喜歡吃泡麵，可惜你家沒蛋，也沒青菜，不然加顆蛋再放進幾片蔬菜，泡麵比什麼都好吃。」

可能是太早吃晚餐，我們兩個寫功課寫到九點半，肚子又餓了。下次我去超級市場也要買蛋和蔬菜回來放在冰箱裡，煮泡麵的時候加進去，看看是不是像夏約翰說的那樣好吃。

晚上的碗盤和炒菜鍋全是夏約翰一個人洗的，他很會洗碗，我知道他們家都是他在洗碗。

「以後我要像阿嬤一樣會煮菜，她連我帶回家的營養午餐剩菜也煮得很好吃。」

「阿嬤可以去報名參加搶救剩菜比賽，就是把冰箱的剩菜重新煮出一道新的菜，看誰煮得比較好吃。」

「有獎金嗎？」

「當然有，不過你得先買一張機票讓阿嬤坐飛機去日本才能參加比賽，還有，阿嬤會說日語嗎？」

「有一天，我存夠錢，我會幫阿嬤報名讓她坐飛機去日本參加煮剩菜比賽，一定拿冠軍。」

夏約翰的腦子裡好像沒有第二名這件事，班際籃球比賽他也以為我們班會得第一名，三對三鬥牛他也認為我們會拿第一得到一萬元獎金。

就在我看到媽媽和夏約翰阿嬤還有弟弟三個同時進門，心裡大叫完蛋，我的惡夢不是停留在夢裡而已，搬到現實了，我讓夏約翰阿嬤帶弟弟去看免費歌仔戲的事被媽媽知道了。

夏約翰從沒見過媽媽生氣的模樣，媽媽對夏約翰一向很溫柔，他不知道一場風暴成形，現在不過是等待何時爆發而已。

夏約翰見到阿嬤，高興跑去問：「阿嬤，阿嬤，歌仔戲好看嗎？你有看到楊麗花本人嗎？戲劇院是不是很大？」

「一樞媽媽，你千萬不要罵一樞，他是好心讓我看免費的歌仔戲，我自己不中用，眼睛看不清楚，才會找不到公車站牌在哪，戲劇院實在太大，好像歌仔戲裡面的皇帝住的皇宮，我這輩子沒見過那麼大那麼高的房子。從進去一顆心開始蹦蹦跳不停，一直到看完歌仔戲走出來，心還在跳。偏偏大心在半路上說要尿尿，我怕他尿在褲子上，我也沒幫他多帶一條乾淨褲子可以給他換，他不願意穿濕褲子，萬一在路上就把褲子脫下來，事情可嚴重了。剛好走到警察局，我想拜託警察讓我們借一下廁所，我不知道大心害怕警察，他在警察局大叫，我哄他也沒用，警察只好打電話通知你，不好意思，你在上課還要趕到警察局帶我們回家。對不起，對不起啊，一摳，阿嬤對不起你，大心，全是阿嬤的錯，看完戲忘記叫你先上廁所。」

「夏媽媽，你別再說對不起了，一路上你已經說好多遍。是一摳的錯，胡鬧，他要是跟我說這件事，我會開車載你們兩個去看歌仔戲。明天約翰要上學，現在很晚，我先載你們回家。對了，夏約翰，我忘了問你，第一次月考你國文考幾分？」

「五十七分。」夏約翰小聲說出，他聽見我媽叫他的全名已知道事情嚴重。

「以後放學，天天到補習班找我，我讓程老師教你國文。夏媽媽，夏約翰以後放學可能無法幫你整理回收，我讓一源帶一新去幫你，一新很會整理。」

「不用不用，讀書最重要，我一個人忙得過來。」

雖然夏約翰阿嬤一直說不用我和弟弟去幫她，不過媽媽很堅持。

「少了約翰這個人手，你忙不過來，他們一定要去幫忙。」媽媽看我一眼，我看不出來她是很生氣或是不太生氣。

「媽，對不起，我不該沒對你說這件事。」

「你是不該瞞著我。我剛才跟約翰阿嬤說的話你聽見了，以後放學，帶弟弟去幫阿嬤整理回收，若需要拿出去賣，幫阿嬤提著一起去，弟弟的悠遊卡和陪伴卡帶在書包裡。媽媽知道你是好意，讓約翰阿嬤看免費歌仔戲，但是弟弟不是隨便人能帶出去，他看起來很好用，帶著他，這個不用錢那個半價優待，可是不能因為帶他享各種免費優待，就把他隨便借給別人用，免費弟弟用起來問題可是多多，像今天約翰阿嬤因為不明白弟弟害怕警察，帶他去警察局借廁所，幸好警察知道阿嬤年紀大，弟弟是特殊孩子，不計較，不然這事可大可小。你知道我接到警察打來的電話，一路開車全身發抖，不知道弟弟到底闖了什麼大禍，約翰阿嬤電話裡急到說不清楚，警察也說不明白，在電話裡我光是聽見弟弟不停喊著唷唷喔喔喔，我更是緊張。」

這個星期，夏約翰放學直接去補習班找我爸補國文，放學後，我帶弟弟去夏約翰家幫阿嬤整理回收物。

我們像是互相交換到對方家裡生活一樣。

晚上七點半我們才回各自的家。所以夏約翰會在補習班吃媽媽買的便當，我會在夏約翰家吃阿嬤煮的中午營養午餐帶回來的剩菜。

媽媽在聯絡簿上跟老師說了這件事，因此這星期營養午餐的剩菜，老師打包後拿給我，由我提到夏約翰的家。

夏約翰的家很舊，沒有多少家具，一張桌子，兩把椅子，夏約翰和阿嬤睡覺的房間，裡面擺了一張單人床，我問過夏約翰，他和阿嬤兩個人怎麼擠得下一張單人床？夏約翰說，阿嬤大部分時候睡在回收紙上面，因為夏天睡外面比較涼快。不過他們家比我家大很多很多，雖然沒有很多家具但是因為家裡堆滿各種回收物，活動的空間變小，夏約翰寫功課應該就在家裡唯一的一張桌子，既是餐桌也是書桌。

雖然夏約翰的家很舊，不過阿嬤收拾得乾淨又整齊，沒整理好的回收品，全堆在外面有屋頂的大陽台，屋子裡沒有任何回收物的臭味。

六點左右，夏約翰阿嬤已經煮好晚餐，弟弟看到桌上的飯菜，坐著沒動。

聞起來很香，夏約翰沒說錯，阿嬤連剩菜也煮得很香很好吃的樣子。我吃了一口，是真的好吃，如果不說是剩菜再煮過，一定沒人吃得出來。

弟弟還是沒拿筷子。

「大心不餓？還是他只吃炒飯？可是家裡唯一的一顆蛋剛才被我煎成大蛋皮，家裡沒蛋了，還是他要吃薯條漢堡？」

夏約翰阿嬤煮的這道菜像我在外面餐館吃過的合菜戴帽，很多菜炒在一起，然後在菜的上面蓋一張大蛋皮，像帽子一樣蓋住。

「阿嬤，我媽媽有給我錢，媽媽說，要是弟弟不吃你煮的菜，待會兒我們回家路上，我買漢堡給他吃。」

「可是餓到那時候，肚子會痛。昨天窮帶回來的剩菜裡有紅蘿蔔炒蛋，還冰在冰箱，我加一些飯再炒給大心吃。」

一會兒，夏約翰阿嬤從廚房端出一碗炒飯，弟弟看到炒飯立刻拿起筷子，不過不是吃炒飯，是把炒飯裡面的紅蘿蔔絲一根一根挑出來放在桌上，然後才開始吃炒飯。

「沒菜，紅蘿蔔很營養，對眼睛最好，大心，你都不吃喔，一根也不吃嗎？小心以後像阿嬤一樣，眼睛看不清楚。」

「阿嬤，你眼睛怎麼了？」

「我也不知道，就是越來越模糊，本來是左眼，現在右眼也開始有一層霧的感覺。」

夏約翰的阿嬤把弟弟挑出來放在桌上的紅蘿蔔絲全挾起來吃光。

「吃飽飯，大心幫我做回收整理就好，你快點寫功課，記得去窮房間拿檯燈出來，讀書不能省電，眼睛會壞掉。我再沒看過比大心長得更好看的男孩子，可惜，不會讀書，說話和我們不一樣，腦子也生的和我們不一樣，唉，他很多地方和大家不一樣，日子過起來自然比較辛苦，但你媽媽爸爸更辛苦。我沒把窮的爸爸教好，現在我辛苦是活該，沒得抱怨，你媽媽不一樣，她又沒做錯什麼事，唉，老天爺辦事我們凡人是看不懂的。」

「阿嬤，你有去看醫生嗎？我媽媽說生病要看醫生才會好。」

「有啦，我有拿健保卡去給醫生看，醫生跟我說要開刀，健保有些不會付錢的項目得自付，我沒錢也沒時間，開刀要休息好幾天才能做事，不做回收怎麼賺錢？不賺錢窮以後怎會有錢讀大學。」

七點半，收拾書包正準備回家，里長伯到夏約翰家找阿嬤。

「一源，你怎麼在這兒，約翰呢，我知道了，一定是去你家補習，換你來幫阿嬤做回收，你又做錯什麼事被你媽媽處罰了？」

真討厭，連里長伯也知道我被處罰的事，不要兩天，全里的人都知道我把弟弟當成免費弟弟借給別人用才會被媽媽處罰的事。

「最近回收生意好不好啊，聽說紙類價錢大漲。」里長伯坐了下來，應該是有其他事要跟阿嬤談。

「是啦，所以現在我先把紙類整理拿出去賣，其他慢慢來。」

「阿嬤，我今天是來通知你一件事，你住的附近這一大片土地，全是國家的土地，這塊地只能租不能賣，以前你們把房子蓋在這兒，那時候隨便你們住，從沒收過租金，現在政府來了公文，要收租金，每一戶一個月一萬元，在台北，住這麼大的地方才收一萬元租金，很便宜。」

「別人一個月一萬元也許很便宜，對我來說一萬元很多。我一個月回收賣的錢還沒一萬元呢，怎麼付租金？如果我付不出來，政府是不是就要把我趕走不讓我繼續住？」

夏約翰阿嬤的手在眼睛那揉了又揉。里長伯趕緊站起來拍拍她的背。

「阿嬤，你的情況我了解，你有困難不是故意不繳租金，我把你的情況呈報上去，租金你可以減半，你住的房子也不像其他人的房子很大，所以一個月收五千元也合理。」

「五千元也是很多錢。」

弟弟從他的書包拿出一條手帕給夏約翰阿嬤擦眼淚，媽媽每天幫他準備一條手帕帶去學校，因為他洗手一定要用手帕把手擦乾淨，不然他的手會一直舉著不敢放下來。

「阿嬤，第一個月的五千元我已經先幫你付了，我們一起再想想辦法，你不要哭了，對了，你兒子最近不是有回來嗎？你讓他到我那找我，我幫他找個工作，他不能這樣把你們祖孫兩人丟著不管，好歹他是夏約翰的爸爸。」

「他不回來最好，上次回來把我放在家裡的錢全拿走，他回來也沒用，只會給我添麻

煩而已，我和窮兩個人，沒有他才有安靜日子過，我也不會讓他把窮帶走，我會自己想辦法付租金，謝謝里長。」

里長伯又坐了一會兒才離開。

「一摳，回家不要跟你媽媽講這件事，不然她又要幫我出錢付租金，我哪好意思一直麻煩她，她讓窮去補習班上課都沒收學費，還買便當給他吃，我也知道窮常在你家吃這個吃那個的，做功課要用電腦也是去你家，靠我一個人，哪能將他養大，都是我不好，養了個壞兒子才會變成大家的麻煩。」

7.

一星期以後，我和夏約翰回到以前一樣，放學後一起走路去土地公廟打籃球。

今天土地公廟前很熱鬧，來了許多人。平常四、五點的時候，除了打籃球的人，沒有其他人會在這時候到土地公廟拜拜。

其中有兩個警察，弟弟一看到警察，手先是一直搖。

「唷唷喔喔喔。」叫完以後，開始拍打自己的嘴巴，又叫起來。

「夏約翰你過去看看發生什麼事，我帶他去大榕樹後面躲起來，他看到警察很緊張，我得趁他唷唷喔喔喔還沒喊太大聲之前快點帶他離開。」

我們兩個躲在榕樹後面，土地公廟前面的大榕樹，據廟公說，有百年以上的歷史，樹幹很粗，氣根又多，我們躲在樹幹後面完全看不到廟口前面發生什麼事。

我一直等到警察騎摩托車離開才帶弟弟出來，原本聚集在廟口前面的人群，也散掉一些。

「夏約翰，到底發生什麼事？我們躲在樹後面什麼事也沒聽見。」

「聽說是廟裡面的香油錢一直被偷走，今天下午廟公發現錢又被偷光光，所以去報案，警察來看看有沒有線索可以抓到小偷。」

「啊，偷土地公的錢，小偷膽子好大。」

「所以我們現在進去跟土地公拜拜，告訴祂有小偷這件事，以前我都是求土地公幫我投籃得分，今天要求祂幫忙抓到小偷。警察在廟裡廟外看好幾遍，就是看不出來香油錢怎麼被偷走，加上土地公廟又沒裝監視器，沒有錄影帶可以調出來看，警察做完筆錄就走了，我擔心香油錢沒找回來，廟公可能沒錢辦三對三鬥牛比賽，不是取消比賽就是贏了也沒獎金。今天你們兩個各拿一炷香和我一起拜拜，人多求土地公的效果一定比較大，老師不是說，團結力量大嗎？」

為了三對三鬥牛比賽，我不敢不聽夏約翰的話，我和我弟手上也拿著香，三個一起跪下來很虔誠的求土地公，求祂幫忙抓到小偷。

「釣魚。」

「一新，在廟裡面不要亂說話，神明會生氣，廟裡面怎麼釣魚。」

我對我弟說外星話很習慣，但是土地公聽了肯定不會太高興。

「警察，唷唷喔喔喔，吃紅蘿蔔。」

他沒來由的害怕叫起來，我把香插進香爐快帶他離開，在土地公廟亂說話讓夏約翰很緊張。

打完籃球，回家路上我買三個便當，一個給夏約翰帶回家吃，我媽媽交代我一星期裡至少要買兩個便當給夏約翰吃，他說夏約翰最近長得快，肯定也餓得快，怕他阿嬤煮的分量不夠他吃。

弟弟回家沒吃我買給他的炒飯，直接去我們房間把前幾天蓋好的中正紀念堂全拆了。

他和夏約翰阿嬤去看歌仔戲回來，沒幾天中正紀念堂就出現在我家。

我一邊吃雞腿便當一邊看前幾天從圖書館借回來的科幻小說《基地》。媽媽在家的時候，我不敢拿小說出來看，她見我看小說總是不太高興。

「要是你算數學像看小說這麼認真，吃飯也捨不得放下，你的數學成績肯定不會考得比國文成績差。」

我就說我晚上作惡夢一定和數學脫不了關係，我整天都在擔心我的數學，偏偏數學老師又喜歡小考，有時候上課寫黑板寫得好好的，忽然一個轉身。「測驗紙拿出來，課本快點收抽屜裡，黑板五題考題，不用抄題，十五分鐘寫完，速度，沒速度沒成績。」

又不是跑一百公尺，要速度做什麼？

我一聽十五分鐘得寫完，緊張得腦筋一片空白，因為緊張無法思考，往往一題也寫不出來，十五分鐘一到，我的測驗紙和腦子一樣也是空白，若有寫什麼的話，也是亂寫的錯誤答案。夏約

翰不曉得是不懂得緊張或是不懂十五分鐘是多快，這種課堂上忽然來的小考，他常常考一百分。

「還有空看小說？數學測驗卷寫完了？第二次月考快到了吧？還有，邊吃飯邊看小說，會得胃病。」

媽媽提早回來，我因為看小說看得太投入沒聽見開門聲。看一下手上手錶，才八點四十五分。

便當盒剩下半根雞腿，我三兩口吃完後把便當盒拿到陽台回收桶。

「看小說看到廢寢忘食，怎麼寫數學就寫到愁眉苦臉，我真的不懂，難道我的數學細胞一點點，一點點也沒遺傳給你嗎？一新吃飽了沒？」

餐桌上沒炒飯便當，弟弟什麼時候出來拿走他的便當我也不知道。

「一源，約翰有跟你提過他阿嬤眼睛的事嗎？」

「沒提過，但是上次阿嬤帶弟弟去看歌仔戲，我比了公車站牌上的站名給阿嬤看，阿嬤說她眼睛不好，看不清楚。還有，之前放學我和弟弟去他們家幫忙整理回收物，阿嬤有說，她去看過醫生，醫生建議她開刀，阿嬤說她沒錢也沒時間開刀，健保有的不付錢。」

「約翰前幾天跟我說，他阿嬤在家跌了一跤，說是太陽下山，天黑，阿嬤就看不清楚，才會踢到地上擺的回收物，阿嬤一直說不嚴重，我不太相信阿嬤的話，她為了怕麻煩別人一定會隱瞞病情，現在我要去看阿嬤，你爸爸在上課，我提早回來沒跟他說，待會兒爸爸回來你跟他說，我去約翰家。」

媽媽從夏約翰家回來，馬上和爸爸商量，明天早上要帶阿嬤看眼科醫生的事。

「聽你一說，我研判是白內障，不開刀不行，再拖下去兩隻眼睛都會看不見。」爸爸憂心忡忡。

「白內障手術對老人家來說很普遍，但怎麼說也是手術，不比感冒，開刀存在不可預測的風險，還有開完刀，不能操勞，不能提重物，她和約翰兩個人的生活誰來照顧？你最近有沒有夏聰成的消息，他媽媽眼睛要開刀，他是人家的兒子，總該回來簽字吧？還是他放任他媽媽眼睛瞎掉也不理？」媽媽話越說越大聲。每次只要一提到夏約翰的爸爸，媽媽就有一股莫名的氣不停冒出來。

「我哪知道上哪去找他，他又沒留電話給我，現在要他現身，除非他缺錢，或是出事了。」

「他讀國中時候還不算太壞，高職夜間部讀一年就沒讀，說要工作賺錢給他媽媽過好日子，結果工作一個換一個。參加我們婚禮，包了個大紅包，我還以為他真發財，現在想想，說不定是那天剛好賭博贏錢拿來包紅包。幸好約翰本性善良沒學到他的壞榜樣，有時候我覺得夏聰成不在家對約翰也是一件好事。」

說到夏約翰，媽媽口氣稍稍變好，媽媽對夏約翰真的很好，我想應該是夏約翰的數學一直考得很好的關係。

「明天我們先帶夏媽媽去看醫生，如果可以，兩隻眼睛一起開刀，休養一次不要分次了，夏媽媽眼睛開刀，我們接他們祖孫兩個來我們家住一段日子，你上網找找看，我記得有個基金會有到家裡幫忙的短期家事管理人可以聘請，一個月就好，太久夏媽媽也不肯的，現在最重要是把她的眼睛醫好，其他就順她的意。」

但是媽媽沒有說服夏約翰阿嬤答應去醫院開刀。

「我看得到，還看得到，晚上天黑以後才比較模糊，人老，本來身體毛病就多，很正常，不需要開刀，天黑我就不要隨便走動，安靜坐下來整理東西就不會跌倒，醫生想賺我們錢才故意把我眼睛說得很嚴重的樣子，什麼會瞎掉，我的身體我自己清楚。」

夏約翰阿嬤堅持她絕不去醫院，媽媽拿她沒辦法，只能一再交代夏約翰，每天放學立刻回家，天黑阿嬤容易跌倒，摔跤沒人在身邊，很危險。

張。

原本我們下課去土地公廟練習籃球的事被迫停止，夏約翰很緊

「我要拿冠軍，但是不練習就不可能，星期六要比賽，我們三個比賽前一定要加強和熟悉培養默契，不然憑我們這種奇怪組合，恐怕上場就自亂陣腳。班際籃球賽輸球就是缺少練習的緣故，今天放學我們一起去補習班找你媽媽，求她讓我們去土地公廟練習，幾天而已，你說好不好？」

「我還沒跟我媽說我們報名參加三對三鬥牛比賽的事，不知道我媽聽了會不會生氣不答應我們去比賽？」

「莊老師才不是這種人呢，我來跟她說，一新是神射手，三對三鬥牛可以讓一新發揮他的天才，這樣別人才不會看不起他，說他笨，

莊老師一定答應我們去比賽，說不定還會贊助我們，比如比賽結束帶我們去速食店吃大餐，雖然你媽媽很討厭孩子吃速食。」

我以大不了被取消星期六的比賽而已的心情，跟夏約翰去補習班找我媽。

媽媽看到夏約翰下課沒馬上回家，露出難得看到夏約翰時的嚴厲表情。「約翰，我交代你下課要馬上回家，最近數學課不用到補習班上課，星期六早上你到家裡，我單獨給你上課，你現在來補習班，萬一阿嬤跌倒怎麼辦？」

「莊老師，有件事我想跟你商量，星期六我們兩個和一新報名參加土地公廟的三對三鬥牛比賽，剩下這幾天可以練習而已，所以，天一黑，我馬上跑回家，不會在外面耽擱一點點時間，一定跑得比太陽下山更快一些，不會讓月亮看到我，才幾天而已，比賽前加強練習一下，像是考試前不是會多寫幾張測驗卷嗎？雖然一新投籃百分之百命中率，可是沒多做練習，我怕一新到時候忘記我們交給他的任務是什麼，所以下課後我們三個先去土地公廟打籃球，天一黑我馬上回家，可以嗎？」

我沒想到媽媽聽完，臉色變溫和。「我發現你為了打籃球，說話也能充滿文藝腔，拿來寫作文多好啊。」媽媽又讚美夏約翰了。

媽媽問夏約翰一些有關三對三鬥牛比賽的事，然後爽快答應夏約翰的要求。

「最近阿嬤沒再摔跤，表示你很聽話，放學馬上回家照顧她，但只能這幾天，天黑要立刻回家，知道嗎？一源，你幫忙提醒約翰，不能打籃球打到天黑。」

夏約翰點點頭。我們以跑百米速度衝回家，放下書包，我從櫃子裡拿出籃球。

「一源，你有看你弟蓋的樂高嗎？現在他正在蓋土地公廟。」

「夏約翰，時間寶貴，天一黑你就得回家，別管我弟蓋什麼，他一天到晚蓋這蓋那，看不完，我弟呢？是不是在廁所，你快叫他出來，千萬別大便才好。」

「一新，你在哪裡？快出來，我們要去打籃球囉。」

弟弟慢條斯理從廁所走出來，見了夏約翰就說：「小偷。」

「一新，你是沒睡醒說夢話喔，看清楚，我是你二哥，約翰。我們現在要去土地公廟練習籃球，快點快點。」

8.

就算時間寶貴，夏約翰到土地公廟仍不忘先進去拜拜，他說阿嬤有交代，一定要進去拜拜，求土地公保佑大家平安。

「夏約翰，你在摸空氣喔，快點出來，你忘記天黑你就得回家的規定。」我跟他進去，用手拜拜，再催他快點出來打籃球，他跪著，手在前面摸來摸去。

「應該是有一條繩子才對，怎摸不到，一源，你有看到繩子嗎？

剛才我看你弟蓋的土地公廟，在土地公神像前面綁了一條繩子。被我摸到了，真的有繩子，你看。」夏約翰拉出一條繩子，我一看，是一條釣魚線。

「剛才在你家看你弟蓋的土地公廟，我還想，你弟怎麼可能亂蓋，你不是說過，他像一台照相機，看過的記得牢，沒看過的他不會自己生出來，他蓋的就是我們這間土地公廟，我常常進來拜拜，從沒看過神像前面有繩子，而且繩子上面還綁了一個十元假錢，你弟自己用黏土做的。釣魚線是透明的，難怪沒被人發現，這兒又不是釣魚場或是海邊，放這條線做什麼？」

「繼續拉出來看看不就知道了。」

夏約翰拉了一小段之後再拉不動，我們兩個順著繩子走去神像後面，那兒有一根釣竿。

「膽子好大，在土地公廟釣魚，根本是對土地公惡作劇。」

「或許不是惡作劇，你看這條繩子就在香油錢箱上面，會不會有人用釣魚線偷香油錢，被你弟看見，他才會蓋一座土地公廟，裡面有繩子還有錢。」

也對，有時候我和夏約翰打籃球，弟弟自己在土地公廟四處走，說不定他看到有人是這樣偷錢，只是要怎麼證明呢？

「我們現在報警？還是去跟在大榕樹下喝茶下棋的廟公說？」夏

約翰把釣線放回去原來地方。

「抓小偷講求人贓俱獲，我們現在找警察來，警察只會看到一根釣竿和一條線，根本沒辦法抓到小偷，沒抓到小偷，下次就算他不來這兒偷錢也會去別的廟偷錢。我們先假裝不知道有釣魚線的事，現在我去大榕樹下找廟公，你留在這兒留意走進廟裡拜拜的人，看到可疑的人，鎮定，不要慌張，小偷才不會發現我們知道他們偷錢的事。你假裝離開再躲在廟的大門後面，萬一小偷從門口跑掉，你就堵住他。」我把看過的福爾摩斯偵探小說那一套全拿出來應用，希望有用。

就在我走去大榕樹找廟公的時候，與一男一女錯身而過，我停下看他們，陌生人最可疑，何況這個時間出現在土地公廟。

「小偷，小偷。」

我弟嘴裡突然喊小偷，之前他看到夏約翰也說小偷，如果把他的思緒組合成一段話，應該就是，夏約翰，快去土地公廟抓小偷，小偷躲在神像後面。小偷應該出現了，我立刻折返回土地公廟，我要提醒夏約翰特別注意這兩個人。

夏約翰仍跪在土地公神像前面，手上拿著香在拜拜，我走到他旁邊對他使了眼色。雖然剛才忘記跟夏約翰約定暗號，不過以我和他的默契，他一下子就看懂我的意思。

我再回到榕樹下，將我的想法告訴廟公，廟公立刻站起來，我們一起小跑步回土地公廟，當我們走進土地公廟，正好看到釣魚線從香油錢箱裡面黏出來一張一百元鈔票。

「大膽小偷，連廟裡的香油錢也敢偷。」

廟公走到後面，兩隻手抓住一男一女。

「鴛鴦大盜，快用我的手機打電話報警。」廟公忘記他兩隻手抓兩個小偷，放開一隻手從口袋掏手機給我，女生趁廟公鬆手逃走，夏約翰早已站在大門口雙手伸開攔住她。幾個在榕樹下和廟公泡茶聊天的人，這時候也進到廟裡面，小偷再無處可逃。

警察還沒來之前，我拿著我的籃球帶我弟先離開，沒多久，夏約翰追上我們，他看到我手上的籃球，像平常一樣，拿球，一邊走路一邊運球。

夏約翰說隨時隨地都要練習籃球，這樣才是一個好球員。

「今天雖然沒練習籃球，又少一天練習，不過沒關係，我們一樣會拿第一名，因為我們做了一件好事，幫土地公抓到小偷，土地公高興，就會保佑我們三對三鬥牛拿第一名。」

「土地公跟你說祂很高興？」

「你數學考八十分會不會很高興？」夏約翰反問我，我不知道怎麼回答，我的數學考試和土地公知道抓到小偷，有什麼關聯嗎？

我們一起走回夏約翰的家，打完籃球回家前我總是要去夏約翰的家，看阿嬤是不是很平安，問問阿嬤有沒有需要幫忙採買的東西。媽媽給我五百元帶在身上，萬一阿嬤需要買這買那，我就幫她出錢。

我們還沒走到夏約翰的家，老遠聽見他家有人在吵架，夏約翰光聽吵架聲音也知道是誰在他家。

「我爸回來了，我得躲起來，阿嬷交代不要被我爸看到，免得他把我帶走，你進去小聲跟我阿嬷說，晚一點我自己回來，她眼睛不好，晚上不要出門找我。」

我們走進屋裡，果真看到夏約翰的爸爸和阿嬷正在為一台電視吵架。

「你不能把電視拿走，這台電視很舊，沒人會買，送人都沒人要，可是沒有這台電視，窮就不能看美國人打籃球，我拜託你可憐那個孩子，他什麼都沒有，沒有錢，沒有電腦、沒有手機，沒有爸爸沒有媽媽，只有我這個眼睛快瞎了的阿嬷和一台電視而已，如果沒有這台電視給他看籃球，窮的生活再沒開心的事了。」

「你快告訴我存摺在哪，我就不拿走這台電視，不然我拿走舊電視，你再領錢去買一台新的，一樣能看籃球。」

「我跟你說過，我沒有存摺，我沒有錢，你從來沒拿一毛錢回來給我和窮過生活，我們兩個沒餓死就算不錯，哪來的錢存起來，家裡你翻過幾遍了，你有看到錢嗎？我賣資源回收的錢，生吃都不夠還能曬成乾嗎？我沒把你教好，是我活該，我不怨誰，但是窮是個孩子，他不應該因為你而一輩子沒出脫。」

阿嬤的手仍抱住電視不放。我帶弟弟跑回家，到家後馬上打電話給媽媽，告訴她夏約翰的爸爸回來，正在和阿嬤搶電視。

「你跟阿嬤說，舊電視給他，千萬不要為了搶電視把自己弄受傷了。那個人不是人，會做出什麼瘋狂事誰也料不到，你現在再去夏約翰的家，保護阿嬤，我把補習班的事情交代一下，馬上過去。」

我沒想到有一天我也會加入夏約翰爸爸這個戰場。

弟弟回到家先打開電視，幸好他固定要看的卡通影片「航海王」還沒開始演，不然我是不可能再帶他出門。

「一新，快點，媽媽要我們再去夏約翰的家保護阿嬤。」

我們再回到夏約翰的家，夏約翰阿嬤坐在她家唯二的兩把椅子的其中一把，雙手不停擦眼淚。夏約翰爸爸把電視搬在門外的地上，現在他正在搬廚房的冰箱。那台是我家的舊冰箱，我們搬新家買了新冰箱，舊冰箱沒壞，媽媽送給夏約翰的阿嬤。

當時媽媽為了讓阿嬤接受我們家的舊冰箱，費了一番唇舌，媽媽說舊冰箱賣了沒人要，還得花錢請人扛去回收站回收，阿嬤才勉強答應。

「這是我家的冰箱，不准你拿走，一新快來幫大哥的忙。」我怎麼樣也不會讓我家的舊冰箱被夏約翰的爸爸搶走。

弟弟自然認得我家的冰箱，我弟對他自己的東西很大方，我跟他要什麼他都無所謂，但是他很喜歡吃冰，以前我常用這台冰箱做可樂冰塊給他吃，所以他聽見我說有人要搶我們家的冰箱，馬上走過來雙手死命抱住冰箱不放。

「你們兩個快點放手，你們搶不贏我的，我一用力把冰箱搶過來，你們兩個一定跌到狗吃屎，到時候不要怪我沒事先警告你們。」

「我不怕你，你跟我爸爸借錢沒還，害我爸爸和我媽媽大吵一架，現在你還要來搶我家的冰箱，你是一個強盜，你是土匪，難怪夏約翰每一次聽見你的聲音，就要跑去躲起來，你不是他爸爸，爸爸不會讓兒子怕到想逃走，我和我弟絕對不放手。」

我和我弟真的差一點跌個狗吃屎，不是夏約翰的爸爸用力搶走冰箱的結果，而是他不知為什麼聽我說完話突然放手，我和我弟沒料到他會放手，我們正在用力搶冰箱，夏約翰爸爸一鬆手，所有重量全往我們兩個身上壓過來，我們當然站不住往後跌，眼看我們兩個要被冰

箱壓住，這時候我們後面有人出手擋住我們，是我爸爸。

夏約翰爸爸這時候也走過來把冰箱扶正。

夏約翰和媽媽一起走進來，媽媽牽他的手走到阿嬤旁邊，阿嬤見到夏約翰，握住夏約翰的手不放。

「一摳爸爸媽媽都來了，他們會幫我們做主，窮，你不要怕他會把你帶走。」

「夏聰成，你聽聽看，你媽媽和你兒子見到你怕成這樣，你是瘟神嗎？我要不是念在我們同學九年的份上，剛才一定先到警察局報案，說有人私闖民宅搶東西，警察來了，我看你怎麼解釋自己的行為？你不照顧你媽媽，不養自己的孩子，那就算了，現在回家搶家裡僅存讓他們兩個還能有點生活品質的兩樣東西。前陣子你跟我借錢，那時候你怎麼跟我保證的，你說，絕對是你最後一次跟我借錢，這次一旦還清地下錢莊的錢，以後你一定改過，不會再去賭，難道你上次跟我借的錢沒有拿去還錢？你拿去賭，對不對？」

爸爸說到後面，氣得臉脹紅，從小到大，我沒見過我爸像現在這樣生氣。

弟弟聽見爸爸說到警察兩個字，手在嘴巴附近摸來摸去，嘴裡已經發出唷唷喔喔喔。

他開始緊張了，媽媽看見了。

「一源，你帶約翰和一新回去我們家，路上順便買三個便當，回家吃飽後先寫功課，我和你爸爸留在這兒處理一點事情。」

「John。」夏約翰背起書包走過他爸身邊，他爸用英文叫他。

夏約翰假裝沒聽見，低頭一直走出去，我一隻手牽我弟，一隻手拉住夏約翰的書包要他等我，我怕夏約翰聽見他爸喊他名字怕到拔腿就跑，我是不可能追到他，夏約翰一百公尺是我們班跑第一的。

我們三個快走離開他家。

9.

「你為什麼那麼怕你爸爸。」我和夏約翰吃過便當，兩個人一起坐在書桌寫功課，他坐我弟的位置，反正他不必寫功課，蓋好的土地公廟也拆了，正在看ＤＶＤ，是水果姐姐在教唱唱跳跳。

「我小時候我爸爸會打人，當他喝醉的時候。有一次跟我阿嬤要錢，阿嬤怎樣都不給他，他把阿嬤推倒後搶走阿嬤藏在口袋裡的錢。糟了，我剛才忘記把我藏好的錢帶來你家，不知道會不會被我爸找到，全部拿走了？」

夏約翰很急，可是我們現在也不能回去找。

「你不是說你藏在一個很神祕的地方，連我都不能說嗎？我想你爸爸一定找不到的。你想你媽媽嗎？」

「我沒看過我媽媽，連照片也沒見過，要怎麼想她？你不會想一個你沒見過的人吧？偶爾我想，如果我有媽媽，我就不必怕我爸爸打我，我爸爸打我，她一定會站我前面幫我擋住，像你媽媽對我一樣對我好。我問過阿嬤，阿嬤也不知道我媽媽是誰，我爸爸從來沒提過我媽媽的事，我一定有媽媽，不然怎會有我，我要是有媽媽，我爸爸一定像你爸一樣聽我媽的話，認真工作賺錢養我和阿嬤。」

「我爸才沒聽我媽的話呢，我媽媽跟我爸說很多次，不許我爸借錢給你爸，可是我爸還不是偷偷借錢給你爸爸好幾次，只是我媽媽不知道而已。有一次我爸爸匆匆忙忙回家跟我借一千元，交代我不能給我媽媽知道，他說你爸爸生病沒錢看醫生，他身上的錢剛好買了東西只剩下五百多元，不夠。」

「其實現在我並不怕我爸爸，我告訴我自己，我長大了，我可以保護阿嬤，可是阿嬤跟我說，我爸看我長得很高，想把我帶去和他住一起。」

「咦？你爸爸想要照顧你，這樣不是很好嗎？」

「才不好，阿嬤說，窮，你爸爸是我兒子，他肚子裡有幾條蟲我都知道，他是一個沒責任，沒心肝的人，他不是良心發現想要帶你一起住，照顧你，他是想帶你去當童工，工作賺錢給他賭博，你千萬不能跟他去，知道嗎？」

「可是童工是犯法的，沒人敢僱用你，你找不到工作的。」

「賭博也是犯法的，我爸爸還是照樣有地方可以賭博。」

夏約翰說得也對。他很快寫完功課，今天老師要我們寫一篇作文，他隨便寫幾個字就說他寫完了。寫作文對我來說也不難，學校下課時候，我已經打好草稿，所以我也很快寫完一篇八百字的作文。

我拿出數學測驗卷。

「數學會了就是會了，不會，寫再多測驗卷也沒用，你為什麼那麼喜歡寫測驗卷？」

夏約翰從不寫測驗卷，他只寫學校老師出的功課，還有補習班媽媽給他的題目。

「有寫有保佑，至少寫了測驗卷，考試考差，媽媽不會那麼生氣。」

夏約翰跟我要了籃球，他說要和我弟去陽台練習丟接球。

「一新，我跟你說，星期六早上，我們去土地公廟比賽籃球，你要記住，把球接住後馬上往籃框丟進去，比賽是有時間的，你要是站著不動，浪費時間而已，你投籃，我們就得分，得分就能拿第一，有一萬元獎金，到時候你可以分到三千元，買很多可樂喝。」

「可樂，喝可樂。」

我弟聽見喝可樂很高興，不過他更想看水果姐姐唱歌跳舞，他沒看完整片光碟是不可能跟夏約翰去陽台玩籃球。

夏約翰一個人沒辦法玩丟接球，只能運球，但是在家裡運球會吵到樓下的鄰居，他只好去玩弟弟的樂高。

媽媽回來了，但沒見到爸爸。

「約翰，程老師在樓下車上等著載你回家，功課都寫完了嗎？」

夏約翰點點頭對媽媽說：「謝謝程媽媽。」然後背著書包離開我家。

夏約翰走了以後，我媽才嘆口氣。「可惜約翰有一個沒責任感還會惹事的爸爸，真是歹竹出好筍。」

啊？夏約翰的爸爸和竹子竹筍有什麼關係呢？他又不是貓熊對竹子有興趣。不過只要和夏約翰爸爸有關係的事，通常都不是什麼好事，我才不想問我媽這句話的意思。

我把今天我們抓到土地公廟香油錢小偷的事說給媽媽聽。

「可惜，一新把土地公廟拆了，不然我也能見識一下犯罪現場重建，很像『重返犯罪現場』影集裡面演的。如果我們這兒也有犯罪鑑識實驗室，一新以後就不怕找不到工作。」媽媽跟夏約翰一樣，作起白日夢。

星期六早上的籃球比賽，爸爸開車載我們，我們先去夏約翰家載他和阿嬤。

「我不要去，我很忙，你看這麼多的回收物要整理，整理好了才能快點拿去賣，下星期一要繳電費。」夏約翰阿嬤一聽媽媽說要載她去看籃球比賽，一口回絕。

「去啦，阿嬤，你來看我比賽，在土地公廟，你也可以順便進去給土地公拜拜，你不是很久沒去拜拜了嗎？」

「夏媽媽，等一下我們先去市場買水果，順便去土地公廟拜拜，拜拜以後就留下來看約翰比賽，我不太會買水果，不懂怎麼拜拜，你教教我，聽說，有的水果不能買來拜拜，萬一我買錯了，土地公要生氣。看完比賽，我馬上載你回家再幫你整理回收物，然後開車載去賣，這樣和你自己走路拿去賣一樣快，好不好？」

「我就說你們年輕人不懂得拜拜的事，亂拜，金害。像是番茄啦，芭樂，都不能拿去拜，釋迦也不行喔，對佛祖不敬，我跟你說，拜拜準備四種水果，拜拜最好的水果是……」

夏約翰阿嬷聽媽媽說她不懂得拜拜的事，立刻忘記剛才她堅持不去看我們比賽，她一邊跟媽媽說拜拜的規矩，一邊坐上我們的車，在車上還一直說。幸好拜拜的規矩很多，足夠阿嬷說到菜市場，買好水果，上車還繼續說，說到車子開到土地公廟，阿嬤還沒說完。

到了土地公廟，媽媽和夏約翰的阿嬤去洗水果，爸爸很緊張，要我們站好聽他說話。

「等一下，一新要是不肯接球，或是跑到場外，場子裡剩下你們兩個，你們就別管他，專心打球，兩個打三個，要贏是有困難，但也不是不可能，我看其他隊伍，似乎都是三個國中生組成，像你們還加了一個國小的，又是一個不懂籃球比賽規則的人，不然，一新不比，你們去跟裁判說，換人，換我下去和你們一起比，這樣一定贏球。」

我爸個兒不高，他號稱自己有一七〇，我媽說一七〇不是小數點四捨五入，是個位數四捨五入的結果。

「爸，你會打籃球嗎？」我懷疑，他從沒和我一起打過籃球。

「你不要小看我，當年讀大學，我可是系上的男籃系隊。」

「爸，你不是說，當年你考上的時候，你們系上四個年級加起來才五個男生嗎？」

爸爸拍我頭。「別給你老爸漏氣，這是祕密，哪能到處說給別人聽。」夏約翰早已哈哈大笑。

「程老師，你不可以和我們一起比，比賽規則上面有寫，國中小學生三對三鬥牛，只有讀國中和國小的人才能組隊參加比賽喔。」

「啊，有這種規定，我怎麼不知道？」

夏約翰平常讀文章隨便讀，很多字可能還會讀錯，可是和籃球有關的文章，他讀得可仔細又正確。

「約翰，如果你讀國文像讀比賽規則這麼仔細，國文哪會考不及格呢，比賽結束，寫一篇五百字的作文交給我，題目就是和今天籃球比賽有關的，明天晚上交，記得。」

夏約翰聽到媽媽要他寫作文，苦著一張臉看我爸，我爸兩手一攤，沒辦法，媽媽說的話就是聖旨囉。

哈哈，今天輪到夏約翰倒楣了。

「程一源，你別在那裡幸災樂禍，今天晚上我會出十題數學題目給你寫，這星期你們學校老師教的你到底聽懂了沒？」

換夏約翰對我扮鬼臉。

我們國文老師在夏約翰的聯絡簿上寫著，作文寫不到三百字，請家長對他作文長度多加強練習。

夏約翰阿嬤哪會教他寫作文，家長指的當然就是我爸爸或是我媽媽囉。

我的聯絡簿上小考欄登記：數學四十六分。

我媽怎會在這時候想起我們兩個聯絡簿的事呢？

哨音響起來，比賽隊伍派代表抽籤，決定初賽比賽的對手是誰。

這次比賽的隊伍共有十六隊，初賽是兩隊兩隊比，得分先達到十三分的那一隊就贏了，晉級下一輪。

我們上場比賽，我弟連續投進三顆球，全場一片爆笑，對方這時候要求暫停。

他們找裁判抗議。

「那個人站著不動，是怎樣？他到底有沒有報名？是這一隊的人嗎？」

「他叫程一新，我們是同一隊的，籃球比賽又沒規定每一個人都要在場上跑來跑去，立定投籃，算違規嗎？」

夏約翰說得振振有詞，裁判先是搖搖頭後點頭，比賽繼續。弟弟完全記得我們賽前對他的交代，站在籃框下不動，直到我或是夏約翰傳球給他，接到球立刻投籃，得分。我和夏約翰不管傳接球或運球很有默契又快速，三個人組成奇怪的一隊，一路打進前四強。

休息半個鐘頭後才要進行最後四強決賽。這時候我們原本該好好休息，喝口水，夏約翰卻一臉恐慌跑去找我媽媽。

「莊老師，我剛才好像看到我爸爸在土地公廟那裡。」

夏約翰阿嬤聽見夏約翰提到他爸爸，既緊張又生氣。

「一摳的媽媽，這是真的嗎？他要來害窮比賽輸掉，他在哪，我去趕他走，我不會讓他把窮帶走，這個孩子跟了他，一輩子沒指望，了然。」

夏約翰阿嬤站起來，媽媽要她先坐下。

「夏媽媽，你放心，我們都在這兒，誰也不能把約翰從你身邊帶走，要是他真敢

當這麼多人的面搶人，土地公會打他屁股，讓他肚子痛，拉肚子，土地公一定為我們做主的，剛才你進去拜拜的時候，不是有跟土地公說，請土地公幫忙讓約翰快樂健康長大，成為一個有用的人嗎？」

夏約翰阿嬤聽媽媽一說，比較放心，不過沒多久又是一臉緊張東看西望。「窮，你剛才確定看到的是你爸爸？」

「我看到廟裡面有個人，很像是他，可是現在又沒看見，可能我看錯了。」夏約翰往土地公廟再看一會兒，然後搖搖頭。

10.

比賽哨音響起。

夏約翰還是被他爸爸突然出現影響比賽心情，四強賽，他發生好幾次不該有的失誤，包括球傳出界外，球傳給對方，對方拿到球一陣快攻上籃得分。夏約翰看對方得分，生氣且懊惱，心浮氣躁，步調更亂，運球運到籃框下忘記把球傳給守在籃框下的弟弟，自己也忘了投籃，呆站被對方輕易把球從他手上拿走投籃得分，他氣得跺腳。

四強賽第一場我們就被淘汰，前三名才有獎金，第四名什麼都沒有。

我一度以為我們至少會拿到亞軍呢，現在卻只有第四名，真沮喪，弟弟毫不在意，他坐在我媽旁邊看天上飛過的飛機。

夏約翰哭了。「我討厭他，我討厭他，都是他害我們輸球。」

「窮，輸了沒關係，第四名也是很厲害，你不要哭了。」

「是啊，第四名不簡單，你們等於兩個打三個呢，好了，現在是要看完比賽呢，還是回去約翰家幫阿嬤載回收物去賣？你們可以先想想中午吃什麼來慶功。」

「我不想看比賽，越看越傷心。」夏約翰站起來要走。

這時候廟公朝我們走過來。「你們別急著走，等一下我還有事宣布，說不定待會兒你們還可以上場比賽喔。」

比賽結束後，廟公拿起大聲公廣播。

「注意注意，我有事宣布。大家知道，我們廟裡的香油錢一直被小偷偷走，我也一直抓不到小偷。前不久，有三個聰明的孩子，我不知道他們是怎麼知道小偷用這種方法偷香油錢的，總之，靠他們三個幫忙，終於抓到小偷，要是沒有他們，廟裡的香油錢會被偷得一毛不剩。所以廟方開會決定，今天比賽加碼，多一種比賽，比罰球，不限年齡，不限性別，任何兩個人都可以組隊參加。罰球比賽只取一名，可以得到獎金兩千元。給大家五分鐘去找和你最麻吉的人組一隊參加比賽。」

接著裁判為大家講解比賽規則。

「兩人一隊，其中一個是選手一個是助手，助手負責供球給選手投籃。」

我和夏約翰互看一眼，我猜我們心裡想的一定一樣，那就是我弟一定是負責投籃的人，至於他的助手，到底是夏約翰或是我呢？夏約翰很想上場卻又不敢說，畢竟他剛剛因為比賽失常才害我們沒辦法搶進前三名。

「夏約翰，你確定現在你心情平穩了嗎？你和我弟常常玩傳接球，你們兩個默契比較好，我想，你和他組隊參加比賽是再好不過的組合了。」

「你放心，這次我一定專心比賽，不會把球傳歪掉或是傳出界，罰球比賽我一定要拿第一，我要賺兩千元獎金給我阿嬤，對不起，是一千，兩千分成兩份，一新一千元我一千元。」

我問爸爸和媽媽的意見，他們說這是我和夏約翰的事，我們自己決定就好。夏約翰原本籃球就打得比我好，剛才要不是被一個好像他爸爸的人影響了，我們一定不會輸球的。

「上場比賽比的是穩，穩的人就贏，你們有沒有想過為什麼一新投籃命中率百分之一百？因為他心無旁騖，他做一件事的時候心裡只想那件事，再沒其他想法，他不懂輸贏或是面子，獎金等等，所以也無後顧之憂，約翰，我要你學一新。」

夏約翰對我爸點點頭，我媽大聲喊加油，阿嬤跟著她喊大心加油，窮加油，然後他們兩個就下場比賽了。

每隊有一分鐘可以投球，先取投進最多的前十名，再一直比，直到剩下最後兩隊，夏約翰和我弟是其中一隊。要不是我弟忽然喂喂呀呀的念，漏接了兩球，他們早拿第一名，不會有加賽。

加賽，每一隊再各投五球，結果兩隊五球又是全進。

現在緊張了，因為最後一次加賽是一球決勝負，若是兩隊一直進球就一直加罰一球，直到分出勝負為止。

爸爸這時候喊了暫停，這次暫停他並沒有對弟弟或是夏約翰精神喊話，交代注意事情，他跑進廟裡面。

媽媽把弟弟叫過去，給他一罐可樂。

「一新，等一下你一定要把每顆球都投到籃框裡，比賽完，我們就去吃大漢堡、薯條和可樂，知道嗎？」

「媽，爸現在才進去跟土地公拜拜，臨時抱佛腳，有用嗎？」

「多少有用。」

媽媽刻意讓弟弟和夏約翰背對廟大門。沒多久爸爸走出來，又去找廟公，兩人貼著耳朵說悄悄話，這時候我看到一個人影快速從廟裡面跑出來，一下子不見，背影看起來很像夏約翰的爸爸。

「媽，我真的也看到，有一個人從廟裡面跑掉，他……」

「裁判說要比賽了，專心，穩住。」媽媽沒讓我把話說完，她轉頭叮嚀夏約翰。

加賽投兩球就結束，因為弟弟投進對方沒投進。

「耶，我有一千元了，阿嬤，我賺一千元給你。」

夏約翰從廟公手裡領回獎金，高興抱著阿嬤又跳又叫，阿嬤哭了，唉，阿嬤可真怪了，傷心也哭，高興也哭。

「老人都是這樣，沒什奇怪的，喜極而泣這句成語你懂吧。」爸爸小聲在我耳邊說。

「大家注意，剛才比賽前我說罰球比賽第一名的獎金是兩千元，但是現在有一個善心人捐了一千元，所以罰球比賽第一名獎金追加一千元。」

廟公這個宣布最高興的莫過於夏約翰。

廟公再將一千元獎金拿給夏約翰，夏約翰阿嬤這次沒哭，她笑得比誰都開心。「窮真能幹，會賺錢，我們不要回家載回收物去賣，一摳媽媽，你先載我去菜市場，窮現在有一千五百元，我買一些豬肉冰在冰箱，萬一下次一摳再作惡夢，我才有豬肉可以煮麻油豬肉湯給他拜床母，請床母幫忙照顧他，雖然他已經有一個好媽媽，不過晚上他媽媽也要睡覺，白天才有精神賺錢，所以我們請床母晚上費心幫忙照顧一摳。」

「夏媽媽，謝謝你上次煮麻油湯給一源拜床母，真的有效耶，最近一源都沒再作惡夢，還有，最後廟公給的一千元獎金是給約翰的，他不用拿出來和一新平分，要不是有他供球，一新哪懂得比賽，所以這次籃球比賽他是最大功臣，多拿一千元也是應該的。」

我很驚訝媽媽知道我作惡夢的事，還有夏約翰阿嬤煮麻油湯給我拜床母她也知道？

「這樣可以嗎？」夏約翰轉身問阿嬤。

媽媽把錢塞進夏約翰手裡。「我說了就是，拿去吧，我知道你不會亂花錢，會把錢存起來。」

「好了，上車上車，通通上車，我們要去市場買菜，太晚買不到新鮮貨。」爸爸趕我們上車。

在車上，我和夏約翰討論今天的比賽，說不完的話，尤其是最後的罰球比賽，加賽又再加賽。

「就像美國NBA籃球的最後一秒絕殺球一樣刺激，我的心臟快跳出來，一球決勝負，幸好投球的是一新，換作是我，可能緊張到手心冒汗，連球都拿不穩，怎麼投得進啊。」

弟弟上車只看窗戶外面的景色，完全不參與我們的談話，這些話他說不來，他真如我爸說的，心如止水，平靜得很，贏了和輸了都沒影響他的心情，幸好有夏約翰，不然這麼興奮的事沒人可以分享，豈不要憋出病來。

「窮，你拿第一名，阿嬤卻看得不怎麼清楚，真可惜啊，唉，白天也看不清楚了，我這個眼睛。」

「夏媽媽，以後約翰還有很多機會拿第一名，這次沒看清楚沒關係，如果你的眼睛醫好，就能看到約翰每一次的第一名。」

阿嬤若有所思，她不再像之前聽見媽媽要帶她去看醫生，非常排斥且堅持反對說她絕對不去。

進到菜市場，媽媽跟夏約翰阿嬤說：「今天中午，你到我們家教我怎麼煮一桌好吃的飯菜給大家吃，我們家很多年沒開伙了，我忘了怎麼煮菜，可能連炒青菜也炒不好。」

「沒問題，煮菜問我就對了，不過我們先去豬肉攤買豬肉，再買中午要煮的菜。」

在市場裡，夏約翰的阿嬤最大，她說買什麼，爸爸負責給錢，媽媽負責把菜放進環保袋，我和夏約翰兩個就是負責提袋子。

媽媽真的買給弟弟一個大漢堡和薯條，還有一杯可樂。夏約翰的阿嬤聽說我弟中午要吃速食餐，一直跟媽媽說，不好。「今天我們煮好多菜，你不要給一新吃漢堡了，他跟我們大家吃一樣的比較營養。」

「比賽之前我答應他，所以要守信用，中午夏媽媽煮好吃的飯菜，我會幫他留一份，到晚上再給一新吃。」

「一新有你這樣的媽媽真好，我們窮就是少了一個疼他的媽媽，唉。」

「阿嬤，你不要難過，程媽媽像我媽媽一樣對我很好。」

媽媽聽夏約翰這麼說，對他笑笑，媽媽的笑容看起來像今天的太陽，讓人覺得好溫暖。

11.

我仍對自己今天看到從土地公廟跑出來的人影深深感到疑惑。三對三鬥牛的時候，夏約翰說他好像看到他爸爸，說不定真的是他爸爸。

晚上媽媽在我房間看我的聯絡簿，我趁機問她：「媽，早上在土地公廟，我覺得我看到的是夏約翰的爸爸沒錯，他從土地公廟跑出來，在爸爸出來以後。」

「你沒看錯，就是約翰的爸爸，我和你爸爸也看到了，幸好阿嬤的眼睛看不太清楚，沒看見。三對三鬥牛，約翰明顯被他爸爸的出現影響才會失常，你們原是有機會進到前三名。你爸爸為了不要再影響約翰的罰球比賽，故意喊暫停，他進去土地公廟叫他爸快點離開，他爸爸說他只是等比賽結束要拿一千元還給約翰，不過你爸爸跟他說，夏約翰不會拿他的錢，如果真要還錢可能只能以善心人士，不讓約翰知道的情況下才行，所以才會有廟公說善心人士捐錢贊助比賽的獎金加碼，約翰是個孝順的孩子，他想賺錢給他阿嬤，除了這次比賽，他還小，沒其他機會賺錢，媽媽知道約翰對這次比賽寄予厚望，萬一被他爸爸破壞，又失去得獎金的機會，對約翰不公平。他那個爸爸，如果我們不是從小一起長大，一起讀書，我真想報警把他抓起來關進去，省得大家日子不平靜。」

「還錢？他爸爸上次搶走阿嬤的錢不是一千元？而且，他的錢不是都拿去賭博了嗎？難道他賭贏了？」

「十賭九輸，贏的那一次再拿去賭，永遠輸光光。說起來不知道要慶幸還是覺得悲哀，這一千元是他上次回家偷拿約翰藏起來的錢，我知道約翰存錢袋裡面應該不只有一千元而已，算他有良心，只拿走一千元而已，他說，他想想覺得自己真是一個混蛋爸爸，竟偷自己兒子的錢，算什麼爸爸，所以才沒拿去花掉。」

「可是夏約翰一直沒發現他的存錢袋少了一千元嗎？」

「除非他天天數錢，不然他哪會知道少了一千元，是該跟約翰說，錢要存在銀行或是郵局比較保險。」

過了幾天，夏約翰阿嬤主動跟媽媽說她同意眼睛開刀，手術日期排在我們第二次月考之後，夏約翰特別為這件事來找我媽媽。

「莊老師，你可以幫我寫聯絡簿跟老師請假嗎？我要去醫院照顧阿嬤。」

「約翰，你擔心阿嬤開刀嗎？白內障是一個很普遍的手術，很安全，不用住院，我幫阿嬤找了最好的醫生，沒事的，等你放學回我們家，就能看到阿嬤。」

「可是我怕，怕阿嬤去醫院開刀，我再也看不到她。」

媽媽想了一下，答應夏約翰。

「好吧，既然你這樣擔心，我幫你跟老師請假一天，手術那天早上，你跟我們一起去醫院，手術結束，我載阿嬤回我們家，你再回你家整理你和阿嬤的換洗衣物來我們家，手術以後，你們兩個暫時住到我們家，至少一個月，這個月我每星期還要載你阿嬤去醫院複檢，手術後，她不能提重物，不能彎腰洗頭，有許多事不能做，放學後，你來照顧阿嬤，白天，我請一個臨時家事管理員到家裡幫忙和照顧她，我這樣說你有比較放心嗎？」

夏約翰點點頭。

我跳起來大喊太好了，夏約翰要來我家住，一個月耶，放學回家我就有伴了。我一直很羨慕同學家裡有兄弟姊妹可以一起玩，一起聊天，一起上網打電動。我雖然有個弟弟，可是他不會聊天，什麼事也不能和我一起做，他只會蓋樂高和看電視，他看的節目我都不喜歡看，就算我們兩個看同一部卡通，看完也不可能一起討論劇情。

弟弟不必考試，所以他不明白我考試考差了的心情；他不必寫功課，所以不能體會我被功課壓得喘不過氣是什麼感覺。

「程一源，你是不是太誇張，約翰阿嬤去開刀，你這樣高興，有道理嗎？第二次月考數學要是沒進步，趁這個月約翰和他阿嬤住我們家，你弟有人幫忙看著，每天放學都到補習班找我補數學。」

媽媽最喜歡潑人家冷水，不過今天這盆冷水不太冷就是。補習回家，夏約翰就住我家，晚上和我一起睡覺，我們仍有聊天的時間。

「不要怕，數學一點都不難，我教你，反正放學我會和你一起回家，我們一起寫功課，你的數學就會變好了。」

「最好是啦，到時候再看看你的國文會不會變好喔。」

「不要小看約翰，這次他寫的作文，你爸爸給他不錯的分數，總共寫了四百六十七個字，是不是和寫你最喜歡的籃球比賽有關係？」

夏約翰不好意思搔搔頭。「一源的作文常常登在我們學校的校刊上，他才是厲害。」

「有嗎？我從沒看過你們學校的校刊，一源，你是不是沒帶回來？」

「放在我的枕頭下面。」

「一源，校刊為什麼要藏在枕頭下，枕頭下是藏錢的地方，校刊又不是寶貴的東西，小偷不會要的，每次我拿回家都是直接丟給我阿嬤做資源回收。」

「等一下，夏約翰，校刊登的是全校學生寫出來最好的文章，你看都沒看就丟給你阿嬤當資源回收？」

夏約翰聽我媽對他連名帶姓喊，嚇得立刻站好不敢動。

「這一期的校刊拿來我看看，約翰，你在我家住的這個月，放學回來的第一件事，就是把校刊上的文章從第一篇開始抄，晚上回來我要問你抄寫的文章內容和心得。」

這下子換夏約翰被潑冷水。

等我媽媽走開，夏約翰小聲跟我說：「住你家好像不太好，你媽媽管人真兇。」

「你才知道，天下的媽媽都長這樣子，你媽媽要是和你一起住，也會這樣很囉嗦又兇。」

「那可不一定，我爸就不像你爸爸。」

夏約翰提到他爸爸，我又沒話說了。

夏約翰阿嬤的白內障手術很順利，就是手術後有許多該注意的事比較麻煩，保養很重要，媽媽一再交代阿嬤要好好休息，復元才會快。

媽媽又交代我們：「回收物要是放在屋裡一個月，老鼠蟑螂立刻占領約翰的家，等阿嬤眼睛好了回到家，恐怕還得先跟老鼠蟑螂搏鬥才能討回地方住呢，多不衛生。約翰住我們家這段時間，你們三個放學不要直接回家，先去夏約翰的家，將屋裡剩下沒賣的回收物整理好，等你爸爸晚上下班後，再載到回收站賣一賣。」

我們走進夏約翰的家，夏約翰忽然停下腳，拉住我的書包往旁邊閃。

「噓，我們家有人，小偷？」

我聽了大笑。

「拜託，你們家除了堆積如山的回收物，沒任何值錢的東西，阿嬤和你的換洗衣服不是全拿到我家了嗎？還是你的存錢袋還留在神祕的地方，所以你怕被小偷發現了？有可能是老鼠正在啃你的存錢袋，聽說老鼠什麼都吃，錢當然也不會放過。」

「不是老鼠，我家真的有人，或是鬼？」

夏約翰說到鬼，我渾身發毛。

「現在才五點，哪來的鬼，小說裡的鬼都是晚上才會出來，月圓是吸血鬼最容易出現的時候，不過所有的鬼都怕太陽，他們喜歡月亮，你看外面還有太陽呢。」

「喂喂呀呀。」

我弟看到什麼不喜歡的事呢？每次我媽要他吃胡蘿蔔他也會喂喂呀呀的念不停。

「是我。」

我寧可看到鬼也不想看這個人——夏約翰的爸爸。今天他是要拿走電視或是我家的舊冰箱？算了，隨他拿，爸爸說過，千萬不能逞強，保護自己最重要。

夏約翰也看到他爸爸，不過這次不同以往，一看到他爸就趕緊跑走躲起來。

「John，你為什麼這麼怕我？我現在沒喝酒，不會打人，你小時候，我喝了酒才會拿棍子打你。為什麼你和阿嬤好像沒住在這兒，阿嬤去哪裡？她生病了嗎？我本來要去學校找你，怕學校警衛不讓我進去。」

夏約翰只是看著他爸爸，一句話也沒說。夏約翰爸爸轉頭問我。

「一源，你告訴我，John的阿嬤生病了，是嗎？快告訴我。」

「阿嬤眼睛開刀，現在住在我家，不過你不可以去我家，我媽媽說，阿嬤每次看到你，就是哭，有眼淚流到沒眼淚，還是哭。醫生交代，阿嬤眼睛開刀，保養很重要，尤其不能流眼淚。」

「阿嬤眼睛為什麼要開刀？」

「醫生說是白內障，再不開刀眼睛會瞎掉，阿嬤說她想要看約翰大學畢業，參加畢業典禮，所以才願意去開刀，他們現在住我們家，我們是回來整理回收物拿去賣。」

「開刀順利嗎？有你媽媽照顧我很放心，你們不要讓阿嬤知道我回來，這些回收物我整理就好，以後放學你們兩個快點回家照顧阿嬤，還有寫功課讀書。」

「阿嬤才不用我們照顧呢，我媽有請家事管理員到我們家幫忙，那個林阿姨六點才下班。」

「一源，替我謝謝你媽媽和你爸爸，我欠他們很多很多，多到一輩子也還不完。John，千萬不要告訴阿嬤我回家的事，免得她生氣傷心，影響眼睛復元，好嗎？」夏約翰爸爸再一次叮嚀夏約翰。

「好。」我有些驚訝夏約翰竟然會回答他爸爸，雖然只是一個「好」字，不過對夏約翰來說，這恐怕是鼓足很大勇氣才說得出口。夏約翰不只回答一個好，眼睛還看著他爸爸，夏約翰的爸爸低下頭，今天夏約翰在他爸爸面前，像一座山一樣高大強壯。

回家路上夏約翰問我：「我們真的不要跟莊老師說在我們家遇見我爸爸這件事嗎？」

「當然要跟我媽說，萬一你爸爸說話不算話，跑到我家鬧著要找你阿嬤，或是再去跟你阿嬤要錢，不就慘了，我媽媽知道這件事，才會想辦法制止你爸爸出現在我家，阿嬤眼睛還在復元中，萬一沒保養好，就不能看到你大學畢業。」

12.

每天放學回家，夏約翰開了大門照例朝屋裡大喊：「阿嬤，我們回來了，阿嬤，你在哪裡？」

夏約翰阿嬤不管在什麼地方，一定會大聲回應：「你們回來了，肚子餓不餓？」

「阿嬤回來。」弟弟看到夏約翰阿嬤從廁所走出來，忽然說這麼一句話，把阿嬤逗得開心。「大心，你最乖，越來越會說話，要再努力喔。」

「喂喂呀呀呀。」

弟弟說的這句外星語的意思是，我們遇到一個可怕的人，就是夏約翰的爸爸。不過阿嬤聽不懂弟弟的外星語，我當然也不會翻譯給阿嬤聽。這個祕密是要藏好的。

「現在才五點十五分，你們已經把屋裡的回收物全整理好了？」夏約翰和我互看一眼，是不該說謊騙阿嬤，可是真話又不能讓阿嬤知道，很難。

「喂喂呀呀呀。」我弟又叫了。

「一摳，窮，你們兩個是不是捉弄大心，不然他怎會叫不停，大心，不怕，阿嬤給你作主，兩個哥哥不乖，阿嬤晚上不給他們吃好吃的菜。」

「對對，我弟是擔心晚餐有紅蘿蔔，我好像聞到紅蘿蔔炒蛋的味道。」這樣應該不算說謊，其實我並沒有聞到有紅蘿蔔炒蛋的味道。

餐桌上擺四道熱騰騰的菜，林阿姨正在廚房洗鍋子。

紅椒加黃椒一起炒花枝，蝦仁炒蛋，炒高麗菜，紅燒魚和味噌豆腐湯，我在自助餐也常看到這幾道菜，不過都沒有現在我家餐桌上的菜聞起來香，看起來可口，讓人食指大動，肚子咕嚕咕嚕叫起來。

「阿嬤，好餓，可以吃飯了嗎？」

「可以可以，你們先吃，這幾道菜是我交代林阿姨煮的，你媽媽和你爸爸小時候常去我家，我經常煮這幾樣菜給他們吃，不知道大心喜不喜歡吃？我想他天天吃炒飯營養不夠，早上我又忘了問你媽媽大心喜歡吃什麼，人老了就是沒記性，金害。」

「阿嬤，爸爸媽媽和夏約翰的爸爸小時候就是好朋友，對不對？他們以前常常去你們家吃飯？」

我不過想轉移話題讓阿嬤別再問回收物整理好了沒，結果差點引起阿嬤不愉快的回憶，幸好阿嬤沒哭，只是淡淡的說：

「他們三個一起長大，感情很好，就像現在，你、大心和窮三個人一樣，可惜，我沒把窮的爸爸教好，不像你媽媽和你爸爸這樣有出息，唉。」

「阿嬤，有蝦仁炒蛋和豆腐湯就行了，這兩樣菜我弟都喜歡吃，他不喜歡吃青菜，剛才他一定以為你會強迫他吃蔬菜才會喂喂呀呀呀叫，他也不敢吃魚，他說有刺，明天你可以滷肉，我弟喜歡吃滷肉，尤其是肥肥的肉，三層肉那一種，我弟最愛吃肥肉。」

「滷肉很簡單，明天早上我交代林小姐去市場買豬肉回來滷，先做滷肉飯，然後滷肉裡面加蛋和豆干一起滷。現在快點吃飯，菜要冷了，我裝兩個便當，等一下一源帶去補習班給爸爸媽媽吃。」

我常和夏約翰一起吃飯，不過都是一起吃便當，坐在我家餐桌上一起吃家裡煮的飯菜，好像是頭一回。感覺好像多了一個阿嬤住在家裡，也多了一個兄弟，這種感覺真好。

到了補習班，我馬上跟媽媽說剛才在夏約翰家遇到他爸爸的事，媽媽一聽，臉色果然變得很難看。

「明天下課你們兩個不要去夏約翰的家，直接回家，知道嗎？還好，今天出門前我有交代阿嬤，任何人按電鈴，都不必開門，我們都有帶鑰匙。」

隔天晚上，媽媽上完數學課，就對我和夏約翰說：「我先開車載你們去夏約翰家看看他爸爸還有沒有住在那裡，約翰想把他藏的錢拿到我們家才安心。」

「莊老師，如果我爸爸還住在家裡，你會趕他走嗎？」

「約翰，說真的，我不知道你爸這次回家的目的是什麼，他不會無緣無故跑回來，一定有事瞞著我們沒說，看情形再說。」

「我阿嬤眼睛開刀住你們家，警察會不會以為我阿嬤不能照顧我，然後讓我爸把我帶走？我不想去當童工賺錢給他賭博，我要去學校讀書，沒有讀書，我以後怎麼讀大學給我阿嬤參加我的大學畢業典禮？」

「一源，你們兩個在家看什麼亂七八糟的八點檔連續劇？」媽媽從前座後視鏡看我。

「才沒有，是夏約翰自己亂編的。」

「誰說的，電視劇都這樣演，父母離婚，上法院搶要當孩子的監護人，沒錢和沒工作的一方，總是搶不贏。」

「約翰，照你這麼說，你爸哪能搶贏你阿嬤，他不只沒工作，還賭博，你阿嬤好歹有在賺錢，雖然不多就是。」

「如果我爸爸不要賭博就好，這樣我就能和阿嬤、我爸住一起。」

「才不要和你爸爸住一起，你爸會被地下錢莊的人追殺，到時候你和阿嬤會被綁架，然後他們要你爸拿錢才能贖你們回來。」

「程一源，我是不是要把我們家電視鎖起來或是拿去丟掉，你又是看了哪一齣戲這樣演的？」

我沒再說話，大人習慣不說實話，事實明明就是這樣。

夏約翰的爸爸看到我們三個進門，他一點也不驚訝。

「我知道一源一定會跟你說我回來了，沒想到你這麼快來找我。我媽眼睛好了嗎？開刀以後，她就能看清楚，是不是？」

「我是找一家很有名的私人診所幫她開刀的，自費部分你不用擔心，我會出。你媽媽手術後眼睛復元狀況非常好，一天比一天看得更清楚，每一分錢花得都值得。倒是你，這次回來是躲債？躲人追殺？還是跟你媽媽搶她的存摺？」

「我很久不賭了。我的卡債沒還，銀行不再借錢給我；地下錢莊也不借錢給我了，他們要我先還清欠的錢再說，他們給我一個期限還錢。我這次回來純粹看我媽和John，我怕以後沒機會再見到他們。我一開始只是想賺一大筆錢，讓John和我媽過好日子而已，我並沒想要把賭博當成職業。」

「虧你說得出口，當職業賭徒你也差太遠了，現在沒錢可以賭，欠了一屁股回家躲債。賭博要是能賺大錢，大家還需要努力工作嗎？你是腦殘啊？這麼簡單的道理也不明白。」媽媽雖然常常罵人，但罵人腦殘這麼難聽的話是第一次。

「我把這些回收物整理好，麻煩你載去賣，我馬上離開。」

「離開，就算你逃到天涯海角那些人也會把你找出來，就算你躲進土裡他們也會像牛翻土一樣把你翻出來，重點是你必須還他們錢，否則沒完沒了。」

「我沒錢，剩下命一條。John，爸爸最後再跟你說一次，以後恐怕沒機會說了，你要學一源的爸爸不要學我，知道嗎？幫爸爸為你阿嬤爭口氣，不要讓你阿嬤再流眼淚。」

不必我媽媽交代，回到家，我們三個很有默契，誰也沒提剛剛去了哪裡。

「我請林小姐用高壓鍋燉了紅豆湯，就等你們回來把蓋子打開，那個燉鍋什麼都好，燉東西又快又爛，可是蓋子不好打開，醫生又交代我不能用力，只能等你們回來才打開，你們先幫我倒紅豆湯出來，我再加湯圓一起煮紅豆湯圓給你們吃。大心已經洗過澡，我有在旁邊監督他洗澡，洗得很乾淨，就是不洗臉，沒法度，那條毛巾對他來說像是上面擺滿了針，不能碰到他的臉，要是我的毛巾上面也有針，我也不會想要拿來洗臉，痛死了。」

阿嬤對弟弟真好，幫弟弟想了個好理由不必洗臉。

晚上關燈後，我和夏約翰聊天，他現在睡弟弟的床，弟弟搬去媽媽和爸爸的房間打地鋪。

「夏約翰，你真的不擔心你爸欠錢被人砍手或砍腳，還是，把他殺了，他不還錢，人家怎可能放過他？」

「我剛才回家拿我的存錢袋，不知道裡面的錢夠不夠幫我爸還他欠的錢？但是有一件奇怪的事，我數了數存錢袋裡面的錢，少一千元，不知道是不是我阿嬤買菜沒錢跟我借錢，她忘記告訴我？還是我記錯了我存的錢有多少？可是，我都有寫下來我現在有多少錢，錯不了，我藏錢的地方又沒人知道，總之，這件事太奇怪，幸好罰球比賽我又多賺得一千元獎金，這樣剛好，也不算有少一千元。」

夏約翰從弟弟的枕頭下面拿出他的存錢袋給我看，我沒跟他說他的一千元是他爸爸偷走的。我數一下裡面的錢，瞪大眼睛，兩萬多元，夏約翰比我有錢。

「你哪來這麼多錢？」

「我在補習班掃地，你媽有給我工讀費，每年過年你媽也會給我壓歲錢，我全部存起來。」

「我不確定你爸爸到底欠人家多少錢，要不我們去問我媽看看，你確定這些錢要給你爸爸還賭債？你不是很討厭他，很怕他？他若能消失，對你和你阿嬤再好不過了。」

「我是怕他，也不在意有沒有爸爸。我對我爸爸沒感覺，但是也沒想要他消失不見，因為他不好，我阿嬤就開心不起來，阿嬤嘴裡不說，我知道她每天都很想念我爸爸。上次爸爸回來和阿嬤搶電視，阿嬤哭好幾天，她說她不是哭我爸爸來跟她搶電視，是哭為什麼她沒本事把我爸爸教得成材。她不怪我爸爸，只怪自己沒讀太多書，不會教孩子，不然現在我們三個就能快快樂樂過日子。所以，要是我爸消失了，阿嬤肯定很傷心，哪有媽媽不想要自己的孩子好好在眼前的，莊老師也不會想要你消失不見吧，就算你弟長得和別人不一樣，你媽媽也很愛他，不是嗎？」

夏約翰考試成績不好，寫作文常常寫不到三百字，可是他現在說話卻說得像是一篇很感人的文章。

13.

夏約翰阿嬤眼睛復元速度很快，才兩個星期左右，看東西已經很清晰。她一直跟媽媽說她想快點回家做資源回收賺錢，可是媽媽不確定夏約翰爸爸到底還住不住在他們家。

「夏媽媽，昨天我們回診的時候，醫生不是交代你，最好能休息一個月，眼睛完全康復才不會有後遺症，再多住幾天嘛，你住在我們家，三個孩子有人幫我照顧，我在補習班工作也安心多了。」

「醫生都是這樣說，你不要聽醫生的，怎麼好意思一直住你們家，我好手好腳，不做事，心裡不踏實。」

「還是我跟林小姐說，打掃工作她做，至於煮飯和照顧三個孩子，就由你負責，林小姐當你的助手。林小姐有兩個小孩要養，她的先生跑了，她賺錢也不容易，現在辭掉她，她就沒收入。」

夏約翰阿嬤被媽媽說服，媽媽雖然平常罵人很兇，可是她說話總是很有道理，很多時候最後都會讓人聽從她的意見。

快樂的日子總是過得特別快，夏約翰和阿嬤住在我家一下子一個月了，阿嬤說她沒理由不回家，因為她現在看什麼都很清楚。

「原來世界是如此清楚明白，現在地上有根針我也看得見，知道撿起來。」阿嬤說這句話，逗得我們所有人大笑。

阿嬤一再跟媽媽道謝。「幸好有你們幫我和窮，不然啊。」

「夏媽媽，你別這樣說，我才要謝謝你幫了我大忙呢。回家後，你好好考慮我的提議，如果你肯幫我，真是一件再高興不過的事。一新和一源很喜歡吃你煮的菜，你把胡蘿蔔和牛肉燉一起，胡蘿蔔的味道聞不出來，牛肉和胡蘿蔔一起加進麵裡變成一碗牛肉麵，他全吃光了。比起以前，他現在比較不挑食，我還想不到這個好辦法讓他不偏食呢。你住我們家這個月，大家身體變得比以前好，一新不像以前常常過敏，感冒流鼻水，所以，拜託拜託你了。」

阿嬤點點頭。

「我回去想幾天再告訴你我的決定，一旦答應做這件事，不是只做一兩天，我一定會持久做，做到我做不動為止，做人要有責任，不能像窮的爸爸。」

「阿嬤，你和約翰搬來我們家住，好不好？你們住我們家，家裡變得好熱鬧，每天我都希望快點下課回家，可以吃到你煮的晚餐。」想到以後晚上沒有夏約翰陪我聊天，寫功課，教我怎樣炸糖果，我覺得好難過。

夏約翰住我家這個月，我、他，還有我弟，我們是三劍客，夏約翰回他家，我們三個就不是三劍客了。

「一摳，你給阿嬤想幾天。我的想法是，就算是自己的兒子，我也不一定要和他們住一起，自己住最好，自己的房子才熟悉，自己的床才睡得好。我不是說在你家睡得不好，現在你沒有再做作夢，可見我每天跟你的床母說，要照顧你，床母都有辦到。」

我幫夏約翰一起提東西走路回他們家，媽媽買了不少給阿嬤吃的食物，有乾的，像是香菇、干貝；有新鮮的，像是魚和肉，媽媽說，約翰不能老是吃學校剩下的營養午餐當晚餐，她擔心這樣營養不夠。

雖然夏約翰和阿嬤不在家很久，他們的家看起整齊又乾淨，阿嬤一進門就發現了。

「窮，每天下課你不是和一摳馬上回家嗎？還是你們沒去補習班上課？家裡很乾淨，回收物也沒了，是你們天天回來整理的嗎？」

「嗯。」夏約翰有些心虛，我知道他不想說謊騙阿嬤，但也不想照實說是他爸爸可能在家裡住一陣子。

「阿嬤，一定是土地公吃了你拜拜的水果，派祂手下幾個專門負責清潔打掃的小兵小將來家裡幫忙打掃，像我弟弟從來不洗臉，可是他的臉看起來仍很乾淨，約翰說是天使幫忙他洗臉啦。」

我竟然和夏約翰一樣，對阿嬤編了一個奇幻故事。

「呵呵，土地公管那麼多，也管我們家裡乾不乾淨啊。」

好聽的故事會讓人跟著進入故事中，阿嬤也就沒有懷疑我說的話。

夏約翰回他家的第一個星期日早上，他和他阿嬤一大早提了一大袋的菜到我們家。

「剛才我和窮去菜市場，我想說今天先來你們家試做幾道菜看看。那時候住你們家有林小姐在一旁幫忙，今天就是我一個人煮菜給大家吃，如果我做起來順手，以後每天下午五點我到家裡煮晚餐給你們吃，至於薪水，隨便給就好，不能給我太多，給太多我就不做。還有，補習班的學生如果有人想訂我做的便當，也照你們說的，我順便賣便當多賺一點錢。」

原來那天媽媽和夏約翰阿嬤提議的就是這件事。

「太好了，以後我天天可以吃到阿嬤做的菜，我們家的廚房天天會飄出飯菜香，耶耶耶，約翰是不是也會在我們家和我一起吃晚餐？」

「阿嬤在我們家煮晚飯，夏約翰不在我們家吃晚餐，你讓他去哪吃？」爸爸拍一下我的頭。

「所以以後我不必提學校剩下的營養午餐回家了？」夏約翰問我媽媽。

「不用了，晚餐你和阿嬤在我們家吃，吃飽後，阿嬤再從我們家裝一個便當回去當午餐。」

「唉，我們大家努力在幫他，要是他還不知悔改，我也當沒生他這個兒子了，死心了。我的存摺存的錢全部提出來幫他還清地下錢莊借的錢。兒子我生的我要負責，就像窮是他生的，他也要負責一樣。」

阿嬤說的是夏約翰的爸爸嗎？阿嬤說她存摺裡的錢絕對不能領出來花用，那是要留給夏約翰讀大學繳學費的，沒想到現在全給了夏約翰爸爸還賭債了。

「夏媽媽，他會改的，幾天前，早上我去慢跑，看到他在掃馬路，我和他聊了一下，他說有人臨時身體不舒服，找他代替那人掃地，雖然只有幾天而已，薪水也不多，但是一個好的開始。我問他住哪？他說他睡覺時間並不多，所以在公園椅子上隨便靠一下，因為他還兼了一個半夜送貨的工作。」

「他肯認真工作，可以給窮一個好榜樣學習，我當然也希望他能回家住，我們是一家人。就怕他有壞底子，人家不肯僱用他，人，真是不能走錯一步，窮，知道嗎？」

阿嬤這次提到夏約翰的爸爸沒流眼淚，但有些感傷就是。

「會的，這次他一定會為了約翰改變自己，當一個好爸爸。他跟

我說了，他至少要為你們賺到每個月的房租錢，他絕不會讓你和窮沒有一個地方住。現在你也有工作，你賺的錢又能全部存起來，很快可以幫約翰存到讀大學的學費。」

「窮，阿嬤跟你說，你的存錢袋不要到處藏，哪天我們家像土地公廟一樣遭小偷，你的錢被偷走就糟了，那是你辛苦存的呢。你把錢拿來給我，我幫你存在我的郵局存摺，我再把你的錢記在牆壁上，你的錢是你的錢，不會變成我的錢。」

我爸爸和我媽媽聽完哈哈大笑，笑得很大聲，我和夏約翰卻莫名其妙，阿嬤說這些話到底哪一句好笑了。

「夏媽媽，你可以帶窮一起去郵局開一個他自己的戶頭，他的錢存在他自己的戶頭，這樣你就不必記在牆壁上。」

媽媽和阿嬤一起在廚房忙午餐。我和夏約翰還有弟弟全在我們房間。我有七本小說可以讀，實在太過癮。第二次月考我的數學進步十三分，媽媽說這是天大的好消息，不得了，所以買了以薩・艾西莫夫的《基地》全套科幻小說獎勵我。雖然這次月考夏約翰數學考九十八分，但媽媽說我不用跟他比，我跟自己比，有進步就是進步。

至於夏約翰，最近他迷樂高迷得不得了，只要到我們家，寫完功課就和我弟一起玩樂高，夏約翰堆的樂高和我弟不一樣，他不是模仿什麼東西，他有自己的創意和想法。

有一次他蓋了一棟房子，三個人坐在院子喝茶和吃餅乾。

「以後等我長大會賺錢，我要蓋像這樣的一棟房子給我阿嬤住，我要和我爸爸和我阿嬤三個人坐在院子喝茶聊天吃餅乾。」

「沒意思，你不請我們去你家喝下午茶，我們不是三劍客嗎？我為人人。」

「人人為我。」夏約翰接下去說。

「我沒忘記我們是三劍客，你沒注意看喔，你們四個不就站在我家門外，準備要按電鈴嗎？」

我仔細一看，果然，門口有四個人，其中一人正在按電鈴。

等我看完《基地》第二部，夏約翰的樂高也完成，這次他用樂高堆了一個人。

「這是你阿嬤耶，你真厲害，用樂高堆出一個和你阿嬤長得一模一樣的人。我弟都是直接用現成的樂高人當人物，你不一樣。」

夏約翰以老成的口吻走過來，拍拍我的肩膀對我說：「你真不愧是我的兄弟，了解我，一眼就能看出我的作品，我們既是三劍客，還是桃園三結義。」

爸爸不知什麼時候來到我們房間，笑著跟夏約翰說：「約翰，你的國文進步不少喔。」

這就是家，廚房有滿到溢出來的飯菜香，有的時候家裡很安靜，有的時候會突然傳出笑聲，把家裡變得好熱鬧。

幸福，就是一家人在一起，然後吃著媽媽和阿嬤親手做的午餐。

九歌少兒書房 238

就是要這麼麻吉

著者	劉碧玲
繪者	Kai
責任編輯	鍾欣純
創辦人	蔡文甫
發行人	蔡澤玉
出版發行	九歌出版社有限公司 臺北市八德路3段12巷57弄40號 電話／25776564・傳真／25789205 郵政劃撥／0112295-1
九歌文學網	www.chiuko.com.tw
印刷	晨捷印製股份有限公司
法律顧問	龍躍天律師・蕭雄淋律師・董安丹律師
初版	2014（民國103）年9月
定價	**260元**

書號	0170233
ISBN	978-957-444-957-6

（缺頁、破損或裝訂錯誤，請寄回本公司更換）

國家圖書館出版品預行編目(CIP)資料

就是要這麼麻吉 / 劉碧玲著 ; Kai圖. -- 初
版. -- 臺北市 : 九歌, 民103.09
面；　公分. -- (九歌少兒書房 ; 238)
ISBN 978-957-444-957-6(平裝)

859.6　　　　103014732